역천마신

通天魔神

이민섭 新무협 판타지 소설

FANTASTIC ORIENTAL HEROES

역천마신 1

이민섭 新무협 판타지 소설

초판 1쇄 찍은 날 § 2015년 12월 18일
초판 1쇄 펴낸 날 § 2015년 12월 24일

지은이 § 이민섭
펴낸이 § 서경석

편집책임 § 김현미

펴낸곳 § 도서출판 청어람
등록번호 § 제387-1999-000006호
등록일자 § 1999. 5. 31
어람번호 § 제2-2621호

주소 § 경기도 부천시 원미구 부일로 483번길 40 서경B/D 3F (우) 14640
전화 § 032-656-4452   팩스 § 032-656-4453
http://www.chungeoram.com
E-mail § chungeorambook@daum.net

ISBN 979-11-04-90567-4 04810
ISBN 979-11-04-90566-7 (세트)

逆天魔神

역천마신

1

이민섭 新무협 판타지 소설

FANTASTIC ORIENTAL HEROES

도서출판 청어람

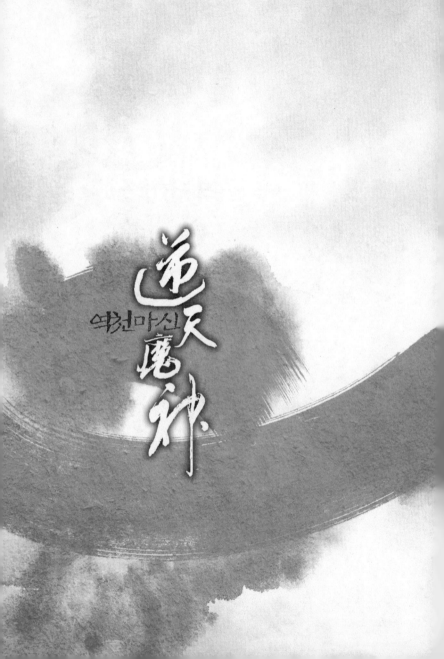

서장

　제자들은 듣거라!

　무공(武功)은 선술(仙術)에 뿌리를 두어 육신을 단련시키고 정신을 수양하여 욕구와 번뇌를 물리쳐 신선(神仙)에 이르는 것이다. 그러나 작금(昨今)에 이르러 무공을 위한 선술이 되었으니 비통한 심정을 어찌 감출 수 있겠는가!

　참으로 어리석구나!

　무공을 알면서 하늘과 땅, 그리고 인간을 모르고 도를 단지 무로서 여기며 신선이 되고자 하다니!

　너희들의 눈에 보이는 것은 오로지 힘에 대한 열망과 세속에 대한 탐욕뿐이구나. 하지만 내 어찌 너희들을 탓하겠느냐.
선대로부터 내려온 전통을 끊고 업을 짊어진 우리의 탓이다.

다시 한 번 듣거라!

인세에 뼈를 묻고자 하는 것은 인간의 순리에 따르는 것이
다. 도에 닿지는 않으나 흐름을 거스르는 것은 아니다. 도인으
로서 살 수 없다면 무인으로서 인세의 고통받는 이들을 구제
해야 할 것이다.

심마(心魔)를 이겨내고 사술(邪術)을 배척하여야 한다.

사술은 결코 선술이 될 수 없다. 사술의 극에 닿아도 얻는
것은 결코 없을 것이다.

이는 하늘과 땅, 그리고 사람의 섭리를 역행하는 것으로 그
야말로 역천(逆天)이다.

결코 잡을 수 없으며 조화로울 수 없고 흐름조차 없다.

뼈에 새겨듣거라!

혹여 사술을 연공하여 대성할 수 있다면 그 어떤 신선, 혹
은 마선과는 비교될 수 없는 인세의 악귀가 될 것이다.

사술을 경계하라!

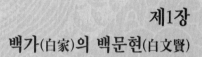

제1장
백가(白家)의 백문현(白文賢)

중정산(重定山).

감히 숭산(崇山)에 비할 바는 아니었으나 산세가 완만하고 맑은 정기(精氣)를 품고 있어 주위 촌락 사람들에게는 신선이 살고 있다고 여겨지는 산이다. 계곡으로부터 흐르는 물은 굉장히 맑고 약초 또한 많아 소림의 노승들이 자주 찾곤 했다.

하늘에서 바라보자면 옹기종기 모여 있는 촌락들 사이로 제법 괜찮은 기와집 하나가 자리하고 있다.

운남(雲南)의 기와집을 보는 것 같았지만 형식을 따르지 않는 모습은 제법 자유롭게 보였다.

"백가(白家)인가."

투박하게 새겨진 백가라는 글자를 연신 쓰다듬으며 작은 미소를 짓는 사내가 있다. 선이 굵고 기골이 장대하여 제법 사내대장부 같은 모습이다. 얼굴에 새겨진 흉터들이 산적과도 같은 인상을 줄 법하지만 현기가 스며들어 있는 눈동자 덕분인지 오히려 장수와 같은 풍채로 보였다.

"나에게도 가문이 생겼다."

부모의 얼굴은 기억조차 나지 않는다. 그가 알고 있는 것은 어린 여동생과 함께 늘 떠돌아다니는 삶이었다.

하루 한 끼를 걱정하는 삶이었지만 이 명패를 보니 그간의 고생이 아무렇지도 않게 느껴졌다.

백가(白家)의 백문현(白文賢).

그것이 그의 이름이다.

"계속 그러고 계신 건가요, 오라버니?"

"그래, 몇 번을 봐도 질리지 않는구나."

문현의 뒤로 다가온 여인은 밝게 웃으며 그를 바라보았다. 경국지색이라 하여도 모자람이 없는 외모이다. 단아한 눈썹과 동그란 눈동자, 그리고 오똑한 코, 모든 것이 어우러져 한 폭의 그림을 보는 듯했다.

그녀는 문현의 여동생 희연이었다.

"상행은 어떠했느냐?"

"소림과의 거래는 이익을 전혀 생각하지 않았음에도 늘 모자람이 없어요."

"챙겨주신 거겠지. 음, 이번에는 직접 가봐야겠군."

"예상한 대로 사파 연맹 쪽과의 거래에서 이익이 많이 남았어요. 매번 순익이 증가하고 있으니 다음 상행은 더욱 기대해 볼 만해요."

문현은 정도를 지향하고 있지만 거래에 있어서는 정파와 사파를 가리지 않았다. 주거래 품목은 중정산에서 나는 약초이니 그다지 꺼릴 것이 없었다. 병장기나 기타 무공과 관련된 물품이라면 이야기가 달라지겠지만 오로지 건강과 치료에 효능이 좋은 약초뿐이다. 게다가 무림맹에 수입의 일정량을 상납하고 있으니 오히려 뒤를 봐주는 형편이다.

"이번에 사파 연맹의 중소 방파 두 곳과 거래를 텄어요. 그런데 오라버니, 사파 연맹과 좀 더 우호 관계가 되면 무림맹에 일정량을 상납하지 않아도 되지 않을까요? 그들은 장래에 분명히 무림맹과 비등한 세력을 가지게 될 거예요."

"보통 상인이라면 그렇게 하는 것이 좋겠지."

"하지만… 소림을 봐서라도 그렇게 하면 안 되겠지요?"

희연은 아쉬운 눈치다. 그도 그럴 것이, 중정산에 위치한 촌락은 백가로 인해 삶의 질이 나아지고 있었다. 촌락의 사람들은 약초를 캐서 문현에게 팔았으니 굶어 죽을 것을 염려하던 촌락 사람들에게 문현은 구세주나 다를 바 없었다.

"네 장래를 위해서라도 무림맹과의 관계를 지속적으로 이어 가는 것이 좋다."

"오라버니께서 그렇게 생각하신다면… 알겠어요."

무현은 흐뭇한 눈으로 희연을 바라보았다.

그와는 다르게 희연은 총명하고 무공에 대한 자질이 뛰어 났다.

그가 늦은 나이에 소림의 가르침을 받고 간신히 이류에 이 른 것에 비해 희연은 무공 서적을 탐독하는 것만으로도 그와 같은 경지를 바라보고 있었다.

'그럴듯한 문파에 들어갔다면 분명 무엇이든 대성할 아이이 거늘.'

안타까웠지만 지나간 일은 어쩔 수 없었다. 문현은 희연에 게 꼭 좋은 혼처를 찾아주리라 마음먹었다.

백도무림에 속한 큰 세가라면 바랄 것도 없었다. 물론 희연 의 마음에 들어야겠지만 말이다.

"이제 네가 시집갈 일만 남았다."

"오, 오라버니."

"하하하!"

얼굴을 붉히는 희연의 모습에 호탕하게 웃은 문현이다.

"그래, 마음에 드는 사내가 있더냐?"

"아무리 찾아봐도 오라버니보다 잘난 사내는 없는 것 같아요."

"나보다 잘난 사내를 찾는다고? 그럼 시집 다 갔군."

"평생 오라버니랑 같이 살 것 같은데요?"

문현은 다시 한 번 웃으며 고개를 저었다.

"걱정 말거라. 이번에 숭산에 가게 되면 좋은 사내를 찾아볼 테니까."

"제발 체면을 좀 생각해 주세요. 이제는 어엿한 백가의 가주시잖아요."

"인생의 중대사 앞에서 체면이 무슨 소용이냐. 하하하!"

문현이 크게 웃자 지나가던 마을 사람들이 걸음을 멈추고 흐뭇한 표정으로 고개를 끄덕였다.

문현과 희연은 마을 사람들에게 있어 귀인이었지만 대화에는 허물이 없었다. 젊은 사내가 부족한 촌락의 사람들에게 문현과 희연은 손자와 손녀처럼 다가온 것이다.

"허허, 백 사부부터 장가를 가는 게 맞는 것 같은데?"

"이보게, 백 사부. 저기 옆 마을에 예쁜 처자가 있는데 말만 하시구려."

약초를 잔뜩 짊어진 노인들이 문현을 보며 한 마디씩 했다. 문현이 간단한 기체조를 알려주어 제법 건강해진 노인들이었는데, 그때부터 촌락 사람들은 문현을 백 사부라 불렀다.

"백가의 안주인이 될 여인은 제가 선별하겠어요!"

희연이 호기롭게 외치자 노인들이 고개를 저었다.

"이잉, 백 사부, 장가는 다 갔군."

희연의 말에는 진심이 담겨 있었다. 그도 그럴 것이, 그녀의 오라버니가 갖은 수모를 다 겪으며 일궈낸 가문이다. 자신도 미약하게나마 힘을 보태고 있어 상단도 제법 안정적인 궤도에 올랐다.

소림뿐만 아니라 정파, 그리고 사파에까지 연을 가지고 있는 문현이기에 더욱 큰 가문으로 성장하는 것은 어찌 보면 당연한 일이었다.

'직접 알아봐야겠어!'

서른이 다 되도록 고생만 한 문현을 위한 일이니 희연은 분명 철두철미하게 진행할 것이다. 그런 희연의 생각을 아는지 문현은 노인들과 이야기하며 웃고 있을 뿐이었다.

노인들과 이야기를 끝낸 문현이 깊은 숨을 내쉬며 희연을 바라보았다. 희연은 문현의 얼굴에서 작은 근심을 찾을 수 있었다. 그것이 무엇인지 물어보고 싶었으나 문현은 단 한 번도 희연에게 고민을 털어놓은 적이 없었다.

"바람이 차군. 들어가자꾸나."

"네, 오라버니."

희연은 이제 자신들의 삶에 더 이상 큰 굴곡이 없기를 바랐다. 가장 큰 소원이 있다면 바로 그것이었다.

*   *   *

이른 아침.

문현은 가부좌를 틀고 운기를 시작했다. 단전에 쌓인 내공이 혈맥을 따라 돌기는 했지만 소주천을 이루기도 힘들 지경이다.

"후우."

깊게 숨을 내쉬며 운기를 마무리한 문현의 얼굴에 작은 그늘이 서려 있다.

"욕심을 끊는 것은 어렵군."

그는 무공에 재능이 없었다. 무일푼으로 상단을 일으켜 가문을 세울 만큼 총명했지만 그에게 무에 대한 재능은 결코 허락되지 않았다. 일찍이 소림에 가르침을 청했을 때도 그의 재능을 보며 탄식하는 노승들이 대부분이었다.

뼈를 깎는 노력으로 외공을 익혀 무인의 풍채를 지니게 되었지만, 그는 체질적으로 일류 무인이 될 수 없었다.

그의 혈맥은 약하기 그지없어 무리하게 운기를 하다가는 단번에 주화입마에 걸릴지도 몰랐다. 더군다나 그의 마음은 무척이나 어지러웠다.

그런 그가 무에 대한 욕망과 번뇌에서 벗어날 수 있게 해준 노승이 바로 현문 대사였다. 이름이 없던 문현과 희연에게 이름을 지어주고 밥값을 할 수 있을 때까지 돌봐준 은인이다.

그는 문현에게 있어서 아버지였고 누구보다도 위대한 스승이었다.

'내가 재능이 있었더라면, 범인(凡人)만큼의 재능이라도……!'

문현의 눈빛이 탁해질 정도로 심마가 찾아왔지만 문현은 깊게 숨을 내쉬며 간신히 털어낼 수 있었다.

'괴롭구나. 처음에는 그저 따듯한 집만 있다면 바랄 게 없다고 여겼거늘.'

문현은 고개를 세차게 젓고는 자리에서 일어났다. 자신의 대에서 이루지 못한다면 후계를 남기면 될 일이다. 소림의 가르침, 그리고 지금껏 배우고 모아온 비급을 합친다면 어쩌면 가문의 무공이란 것에 형태가 잡힐지도 몰랐다.

'가르침을 청해야겠군.'

그런 일대 종사와 같은 일을 하려면 무공에 대한 깨달음이 깊어야 할 것이다. 스스로 하지 못한다면 부탁하면 된다. 부탁할 수 없다면 빌리면 된다.

문현은 방 한쪽에 세워져 있는 철검을 들고 연무장으로 나갔다. 그저 땅을 정리해 놓은 정도지만 문현의 마음에 꼭 든 연무장이다.

"나오셨습니까, 가주님?"

거구의 사내들이 문현을 보고 크게 인사했다.

백가의 상단에서 일하고 있는 자들이다. 본래 사파의 하류 잡배들이었지만 문현이 거두어들여 조금이나마 무공을 알려 주었다.

문현은 무공에 대한 소질은 전혀 없었지만 가르치는 것만큼은 잘했기에 모두 삼류에 이르는 무공 수위를 가지고 있다.

작은 촌락에 있는 상단의 표사치고는 제법 대단하다고 할 수 있었다. 제법 그럴듯하게 검을 잡은 모습이 대견하기까지 했다. 처음 봤을 때의 한량의 모습은 없고 지금은 어엿한 무사로 보였다.

"금일 공부를 시작하도록 하지."

문현은 삼재검법부터 시작하여 간단한 소림의 무공까지 전개했다. 삼재검법은 무인이라면 누구나 다 알고 있는 검법이다. 삼류로 칭하여 멸시했지만 이것만큼 범인들이 기본기를 다지기에 알맞은 것은 없었다. 거기에 비록 소림의 깊은 묘리는 없지만 현묘함이 나타나 있는 축기법을 더하니 제법 그럴듯해 보였다.

연공을 마치자 모두 문현에게 깊이 고개를 숙였다. 몸을 움직이니 그를 옭아매던 번뇌와 욕심이 많이 희석되는 듯했다.

"가주님, 오늘 소림으로 떠나신다고 들었습니다."

"그래, 신세진 것이 많으니 찾아뵈려고 하네."

"혼자서 괜찮으시겠습니까?"

"아우는 날 못 믿는 겐가?"

문현은 피식 웃으며 말했다. 문현에게 조심스럽게 말하는 이는 산적 출신으로 덩치는 곰만 했지만 얼굴이 무척이나 순했다. 그래서 문현은 그를 순웅이라 불렀다. 사석에서는 형, 아우 하는 의형제이다.

"걱정 말게. 희연이를 잘 부탁하네."

"아가씨야 저희가 목숨을 다해 지켜드리겠지만 형님께서 무사하셔야……."

"하하, 내가 어디 가서 칼 맞는 것을 봤는가?"

문현이 웃으며 말했음에도 순웅의 표정은 좋지 않았다.

"무슨 일이 있더냐?"

"그, 그게… 아랫마을에 용한 점쟁이가 있지 않습니까?"

"아, 그 미친 할망구라 불리는……."

문현도 들은 적이 있다. 제법 용한 점쟁이지만 미쳐 날뛰는 일이 대부분이기에 그다지 신뢰가 가지 않는 점쟁이다. 문현은 용하다는 것도 소문이 만든 것이라 생각했다.

"요 근래 자꾸 큰 화가 닥칠 것이라며 떠들어대고 있습니다. 특히 형님께……."

순웅은 허겁지겁 품을 뒤져 부적 하나를 꺼내 문현에게 주었다.

"급한 대로 부적을 하나 얻어왔습니다."

"그 미친 점쟁이의 말을 믿는 것이냐?"

"그런 것은 아니지만……."

순웅뿐만 아니라 다른 이들도 걱정하고 있었다. 문현은 작게 고개를 저은 뒤 입을 떼었다.

"단지 사람들을 현혹케 하는 어설픈 사술일 뿐이겠지. 사내대장부가 그런 것에 겁먹지 마라. 점쟁이가 미래를 예지한다면 도사들이 선술을 닦을 필요가 있겠느냐?"

문현이 힘 있게 말하자 다들 작게 고개를 끄덕였다. 조그마한 불안감이 있었는데 문현의 말에 어째서인지 씻은 듯 사라졌다.

문현은 아직도 표정이 굳어 있는 순웅을 따로 불러 말했다.

"희연에게는 말하지 말고 혹시 모르니 경계를 철저히 하도록."

순웅이 고개를 끄덕였다.

문현은 그 모습을 보며 그의 어깨를 툭 치고는 등을 돌렸다. 갑작스럽게 들은 기이한 말이라 조금 혼란스럽기는 했지만 사술 따위에 현혹되지는 않을 것이다.

'괜한 동요를 일으킬 필요는 없겠지. 하지만 방비는 철저히

해놓는 것이 좋겠군.'

문현은 그렇게 생각하며 간단하게 짐을 꾸려 떠날 채비를
했다. 짐이랄 것까지는 없었다. 어려서부터의 습관 때문에 그
는 양손을 무겁게 하는 법이 없었다.

"오라버니!"

대문 밖으로 나서는 순간 희연의 목소리가 들려왔다. 피곤
한 기색이 가득한 모습이다.

아직 동이 트지 않은 새벽에 떠나는 데다 희연은 어제 막
먼 길에서 돌아왔으니 상태가 엉망인 것은 당연했다.

그럼에도 일찍 일어나 자신을 배웅하기 위해 달려오니 기특
하기 그지없었다.

"또 몰래 가려고 그랬나요?"

희연은 두 손에 잔뜩 든 짐을 문현에게 강제로 건넸다.

"이렇게 많이 가져갈 필요는 없는데……."

"빈손으로 가면 백가의 체면이 안 서니까요. 오라버니께서
깊은 사이일수록 더 예의를 갖추라고 말하신 걸 똑똑히 기억
하고 있습니다."

"하하, 하마터면 큰일 날 뻔했군. 고맙다."

문현이 크게 웃으며 말하자 희연도 빙긋 웃었다. 생각보다
두 손이 무거워졌지만 마음은 더 가벼워진 문현이다.

"다녀오세요."

"그래."

문현은 진한 웃음을 짓고는 그대로 등을 돌려 길을 떠났다.

희연은 멀어지는 문현을 바라보고 서 있었다. 숭산까지의 길은 그리 멀지 않았지만 왠지 아주 먼 길을 떠나는 것 같았기 때문이다.

제2장
숭산

숭산까지 가는 길은 그리 험하지 않았다. 문현의 경공은 그수준의 무림인치고는 그럭저럭 쓸 만했기에 큰 어려움 없이 숭산 부근의 불하촌(佛下村)에 당도할 수 있었다.

촌락들이 하나둘 모이기 시작해 이제는 소림으로 가는 초입이라 일컬어도 손색이 없는 바로 그 불하촌이다.

숭산 부근은 구파일방 중 하나인 소림을 방문하는 무림인들로 늘 붐볐고, 자연스럽게 상권이 발달하게 되었다. 시끌벅적해 고승들이 수행하는 데 방해를 받을 것이 분명했지만 소림은 그들을 나무라지 않았다. 무림인들이 가져오는 지역 상권의 이익은 민초들의 삶에 큰 보탬이 되기 때문이다.

문현은 불하촌 입구에 서 있는 달마의 동상을 보며 작게 합장한 뒤에 안으로 들어섰다. 불향이 가득한 불하촌의 정경에 문현은 잠시 번뇌가 사라지는 듯한 느낌을 받았다.

'본래는 소림에 몸을 묻고 싶었지만…….'

희연이 없었다면 그는 소림의 중이 되었을 것이다. 현문 대사의 가르침을 받고 있어 소림의 속가제자라 할 수 있었지만 현문 대사는 문현을 기명제자(寄名弟子)로 받아들였다.

현문 대사는 문현이 무를 떠나 다른 것으로 대성하기를 바랐다.

'고민은 늘 사라지지 않는군.'

문현이 그런 생각을 하고 있을 때 소란스러운 소리가 들려왔다.

소리의 진원지를 찾아보니 깨끗한 무복을 입고 있는 젊은 무림인들이 살벌한 표정으로 누군가를 노려보고 있다.

"사파의 잡졸들이 이곳이 어디라고 얼굴을 들이미느냐!"

"썩 물러나지 못할까?"

젊은 무림인들은 정파에 속한 자들로 보였다. 태양혈이 발달해 있는 것으로 보아 문현이 이를 수 없는 경지에 당당하게 다다른 자들이다. 겨우 약관에 이른 나이에 자신의 배는 넘는 경지를 쌓은 것이다.

질투가 고개를 들었지만 문현은 깊은 숨을 내쉬며 질투를 흩어버렸다. 일류를 넘어선 어린 고수들의 내력을 그대로 감당하고 있는 이는 검은 무복을 입은 자였다.

'사파 연맹의 인물이군.'

최근에 큰 세력을 떨치고 있는 사파 연맹의 복식이다. 사파의 인물은 태연하게 난간에 걸터앉아 그들을 노골적으로 무시했다.

'굉장한 고수……'

문현이 볼 때 사파의 인물은 결코 평범한 자가 아니었다.

"네 이놈! 내 말이 들리지 않느냐!"

정파의 젊은 고수가 기어코 칼을 뽑으려 했다. 문현은 사태를 냉정하게 파악할 수 있었다. 저 젊은이가 칼을 뽑아 공격이라도 한다면 목숨을 부지하지 못할 것이다. 저 사파의 고수가 지금까지 참아주는 것도 숭산이 바로 앞에 있기 때문이다.

주변에 있는 사람들은 감히 끼어들지 못하고 사태를 관망하고 있었다. 사파의 고수가 간단히 손을 휘두르자 옆에 세워져 있던 장검이 그의 손으로 너무나 가볍게 빨려 들었다.

허공섭물!

그제야 정파의 고수들은 검을 뽑지 못하고 주춤거렸다. 안색이 굳어지는 것으로 보아 겨우 상대의 경지를 파악한 것 같았다. 하지만 명문 정파인의 체면상 이대로 물러날 수도 없고 또 그렇다고 덤빌 수도 없다. 그들도 목숨이 아까운 것을 알기 때문이다.

긴장감이 팽배해졌다. 주변에 있는 모두가 침을 꿀꺽 삼키며 앞으로 일어날 광경을 저마다 상상하기 시작했다.

잠시 고민하던 문현은 정파의 미래를 위해서라도 끼어들 것을 결심했다.

"혹시 숭산으로 가는 길을 아십니까?"

교묘하게 맥을 끊는 질문이다. 정파의 고수들은 호흡이 끊겨 자신도 모르게 검을 내렸다.

"누구나 가르침을 원한다면 언제든 열려 있는 곳이 소림이라고 들었습니다. 그러니 저 같은 삼류 무인도 가르침을 받을 수 있지 않겠습니까?"

간절함이 느껴지는 문현의 목소리에 정파의 고수들은 헛기침을 하더니 간신히 고개를 끄덕였다.

"그, 그렇소. 소림의 방장께서 그리 말씀하셨소."

"괘, 괜한 분란을 일으킬 필요 없겠지."

정파의 고수들은 사파의 고수를 바라보다가 황급히 사라졌다. 사파의 고수는 그 모습을 보더니 피식 웃고는 문현을 노려보았다. 사파의 고수는 사라진 정파의 고수들에게 흥미를 잃어버렸다. 그보다 더 거슬리는 존재가 나타났기 때문이다.

"본인이 소림의 가르침을 받으러 온 것 같으냐? 저들은 나를 무시하며 덤비려 했고 네놈은 더욱 나를 능멸했다."

어마어마한 기세에 땅이 진동할 정도이다. 문현은 이를 악물며 그를 바라보았다. 무공의 경지가 사파의 고수에 훨씬 못 미치나 그의 정신까지 미천하지는 않았다.

단지 무공의 차이일 뿐이다. 문현이 그렇게 생각하자 아득해지던 정신이 점점 뚜렷해졌다.

"가르침, 그리고 배움에 있어 위치의 고하가 존재하는 것 같습니까?"

"뭐라?"

"배움을 받는 자가 낮고 가르침을 주는 자가 높은 것입니까?"

사파의 고수가 눈을 찌푸렸다. 그럼에도 문현의 표정에는 변함이 없었다. 식은땀으로 온몸이 흥건했지만 그는 물러서지 않았다.

"그럼 네놈은 어찌 생각하느냐?"

"가르침과 배움에 있어 신분, 배분의 고하는 상관없습니다. 단지 각자의 앞에 놓인 깨달음에 있겠지요. 세상에는 작은 깨달음도 큰 깨달음도 없습니다. 상황과 환경의 차이일 뿐입니다."

그것은 현문 대사가 문현에게 일러준 말이다. 누구나 스승이 될 수 있다. 짐승의 움직임을 보고 무학의 이치를 깨닫기도 하는데 체면이 뭐가 중요하겠는가.

무의 깨달음을 얻고자 하는 자는 자연의 모든 것을 스승으로 삼는다. 심지어 벌레까지 스승이 될 수 있다. 그것을 미천하다고 볼 수 있는가?

사파의 고수는 기세를 거두었다. 그의 눈에 이채가 서려 있었다.

"하하, 그렇군. 그래서 자네가 나에게 가르침을 주고 있는 것인가? 한참 모자란 자네가 말일세."

문현의 말은 어설픈 구석이 많았으나 사파의 고수는 전혀 상관없는 듯했다.

"나는 자네에게서 무모함과 배짱을 배웠네. 방금 도망간 그놈들의 목숨만은 살려두는 것으로 하지."

"…선처에 감사드립니다."

광오한 말이지만 문현은 그 말이 눈앞에 있는 사내에게 무척이나 잘 어울린다고 느꼈다. 문현이 간신히 주위를 살피니 검은 무복의 무인들이 주변을 둘러싸고 있다.

문현으로서는 기척을 전혀 느끼지 못했다. 하나하나가 방금 전 정파의 고수들을 넘어서는 고수였다.

'내가 죽으려고 작정했군. 운이 좋았어.'

희연이 이 사실을 알았다면 엄청나게 잔소리를 했을 것이다. 아니, 그전에 닭똥 같은 눈물을 흘렸겠지. 문현은 복잡한 마음을 간신히 가라앉혔다.

하지만 다시 이런 일이 벌어진다고 해도 문현은 나설 것이다. 소림 앞에서 피를 흘리게 할 수는 없었다. 그것이 명문 정파의 유망한 청년들이라면 더더욱.

"그래, 자네는 이름이 뭔가? 내 자네가 마음이 드네. 정파의 무림인들은 하나같이 겉만 멀쩡했는데 자네는 그 반대로군."

"백문현이라고 합니다."

"백문현, 좋군. 기억해 두겠네. 나는 사마종일세."

사마종이라는 이름은 백문현도 아주 잘 알고 있는 이름이다. 사파를 인정하지 않는 백도무림에서 유일하게 삼천(三天)에 이름을 올린 자였다.

사파 연맹주 지존마검(至尊魔劍) 사마종.

천하제일의 자리를 놓고 무림맹주와 대립하고 있는 유일한 인물이다. 사파를 하나로 통합하여 사파연합을 만들고 백도무림에 영향력을 행사할 만큼 대단한 세력으로 키운 자였다.

그 어떤 지원도 없이 맨손으로 일궈낸 것이기에 백도무림에서 그를 존경하는 자도 꽤나 많았다.

"우리 연맹으로 오는 것이 어떤가? 자네가 원하는 것을 줄 수도 있으니 말일세."

"제가 원하는 것이 무엇인지 아십니까?"

"자네는 천생 무인이군. 눈빛만 봐도 알아. 자질이 없다는 것은 괴로운 일이야. 나는 자네의 문제점을 해결해 줄 수 있네."

사마종은 사파의 무공으로 극의에 이른 자였다. 그 때문에 단박에 문현의 현 상태를 파악할 수 있었다. 문현의 눈빛이 욕심으로 물들어가는 것을 본 사마종의 얼굴에 미소가 떠올랐다.

문현에게 있어서 이것은 기연일 것이다.

몇 번을 다시 태어난다고 해도 한 번 올까 말까 한 그런 기연.

그토록 원하는 상승 무공을 익힐 수 있을지도 몰랐다. 문현은 입술을 달싹였다. 곧 그리하겠다는 말이 나오려고 했다.

'안 된다.'

문현은 마음을 다스렸다. 자신은 현문 대사의 가르침을 받았다. 현문 대사의 은혜를 저버리고 사파를 택할 수는 없었다.

"저는… 이대로 만족합니다."

"하하! 안타깝군! 참으로 애석해!"

사마종은 감탄하며 소리 내어 웃었다.

"그저 뱀인 줄 알았더니 이무기 정도는 되는군."

문현은 아쉬움이 가득한 얼굴을 감출 수 없었다. 하지만 후회를 하는 모습은 아니었다. 사마종은 아쉽다는 듯 문현을 바라보다가 그의 어깨에 손을 올렸다.

"알겠네. 다음에 만날 땐 자네의 목숨을 장담하지 못하겠군. 자네는 분명 귀찮은 적이 될 테니까."

사마종은 정파의 인물을 인정하는 법이 없었다. 하나 그는 문현을 크게 보았다. 결코 적수는 될 수 없지만 그렇기에 더 큰 적이었다. 사마종이 본 문현은 무인으로서는 대성할 수 없지만 다른 방면으로는 충분히 뜻을 이룰 자였다.

"또 보지 말았으면 좋겠네."

사마종은 그렇게 말하며 등을 돌렸다. 그와 동시에 그의 주위에 있던 자들이 그림자처럼 일렁이다가 사라졌다. 사마종은 유유자적하게 길거리를 걸어갔다. 문현은 참고 있던 숨을 간신히 토해냈다.

"사파 연맹주 지존마검 사마종이라……."

과연 그러한 별호로 불릴 만한 자였다.

그런 대단한 자를 또 만날 것이라 생각하지 않았다. 그가 직접 자신의 집으로 찾아오지 않는 한 말이다. 그런 자가 이곳에 있는 것이 이상할 따름이다.

"정말 그 미친 점쟁이의 말이 맞았단 말인가?"

문현은 피식 웃으며 그 자리에 주저앉았다. 다리에 힘이 풀려 버렸기 때문이다. 문현은 힘없는 웃음을 지은 다음 간신히 몸을 일으켰다. 아무래도 소면 한 그릇이라도 먹어야 힘이 날 것 같았다.

*   *   *

거대한 대전(大殿).

마치 임금이 기거하고 있을 것만 같은 화려한 곳이다. 하지만 분위기는 그렇지 않았다. 음침하게 가라앉아 있어 공기마저 무거웠다.

그 이유는 거만하게 앉아 있는 두 존재 때문일 것이다.

불혹의 나이로 보였지만 그 기세는 가히 태산을 가를 듯했다.

단 두 존재만이 자리하고 있건만 그 거대한 존재감은 가히 일만 병사를 떠올리게 했다.

"네놈과 손을 잡는 것은 그리 유쾌한 일이 아니군."

"나 역시 마찬가지일세. 자네를 보면 구역질이 치밀어."

"감히! 오만방자하군."

얼굴을 일그러뜨린 화려한 청의를 입은 사내가 긴 숨을 내쉬며 기세를 줄였다. 그러자 단정한 백의를 입은 사내 역시 그러했다.

청의를 입은 사내는 백도무림의 지존이라 칭해지는 무림맹주였다.

백도무림인의 존경을 받는 이가 어찌 이리 화를 내고 있단 말인가? 그것은 눈앞에 있는 백의의 사내만이 알고 있었다.

"일이 마무리되면 오늘 일은 없던 일일세."

그렇게 말하는 백의의 사내는 십만마교의 절대지존인 마교의 교주였다. 당금은 근 백 년 사이 정마대전이 없어 그야말로 태평성대였다. 작금에 이르러서는 평화가 길어지고 자신의 위엄에 도전하는 이들이 많아지는 형국이다. 특히나 오대세가는 만만한 존재들이 아니었다.

"약조대로 일을 처리한다면."

"욕심이 하늘 끝을 찌르는군, 맹주."

"빈틈이 없어야 할 것이다."

무림맹주의 말에 마교의 교주가 고개를 끄덕였다.

"마침 적당한 인물이 있다네. 사파 연맹과 소림, 그 둘과 모두 깊은 연이 있는 자가."

마교의 정보력은 유감스럽지만 백도무림을 압도했다. 마교의 교주는 서찰 하나를 꺼내 무림맹주에게 보여주었다. 무림맹주는 천천히 서찰을 바라보다가 고개를 끄덕였다.

"백문현이라……. 들어본 적이 있군. 기껏해야 삼류인 주제에 꽤나 인망이 두터운 자지. 단지 현문 대사와 인연이 있다는 것이 걸리는군."

현문 대사 때문에 알게 된 자다. 그가 이끄는 상단이 무림맹에 이익을 주기는 하지만 결코 신경 쓸 정도는 아니었다. 단지 걸리는 것이 있다면 현문 대사뿐이다.

"소림에 대한 작업은 해놓았네. 내부에서도 현문 대사를 시기하는 자들이 예상보다 많았다네."

"음, 이제 은퇴할 때가 되긴 했지."

소림방장만큼이나 영향력을 행사하는 인물이다. 무림맹에서도 견제해야 할 만큼 대단히 큰 인물이었지만 이참에 무림맹의 득세를 위해 제거하는 것도 나쁘지 않았다. 타협이 없는 자들은 모가지를 꺾는 것이 정답이었다.

이 기회에 소림의 인물을 흡수하는 것도 괜찮을 것 같았다. 소림에 영향력을 행사할 수 있다면 무림맹의 권력은 어마어마하게 커질 것이다.

"빈틈없이 일을 치를 수 있게 되었군."

가장 중요한 하나가 해결되자 무림맹주는 웃을 수 있었다. 잃는 것보다 얻는 것이 많았다.

그렇게 생각한 무림맹주는 갑자기 얼굴을 굳히며 정색했다. 가장 증오스러운 자의 얼굴이 떠올랐기 때문이다. 마교 따위와 이런 치졸한 계획을 세우게 한 궁극적인 목표라고 해도 과언이 아니다.

"사마종, 그놈을 드디어……."

"맹주와 사마종의 원한 관계가 어찌 되는지 관심은 없다만 약조한 대로 본 교의 이익을 보장해 주어야 하네. 십만 마교인을 모두 먹여 살리기가 아주 힘들어서 말일세."

"사파 연맹이 가지고 있는 이권 따위는 관심 없다."

"좋네. 이제 자네는 간악한 사파를 없애고 마교와 평화를 이룬 최초의 대영웅이 되겠군. 소림과 비교되지 않는 명성을 얻겠지."

"마음에 드는군."

그러한 무림맹주의 말에 마교의 교주는 인자한 웃음을 지으면서도 속으로는 싸늘한 칼날을 들이밀고 있었다.

'이로써 중원 진출이 빨라질 것 같군. 무림맹주는 총명하기는 하나 탐욕에 눈이 멀어 멀리 내다보지 못하니… 정말 어리석은 자로다.'

무림맹주는 그런 마교의 교주를 보며 노골적으로 비웃음을 머금었다.

'사마종이 없다면 내 적수는 존재하지 않는다. 네놈이 무슨 일을 꾸미든 내 손아귀에 있을 뿐, 마교 따위……'

서로의 생각이 그렇게 교차하고 있었다. 누가 이용하고 이용당할지는 그 누구도 모를 것이다.

*   *   *

문현은 하루 동안 불하촌에 머문 뒤 숭산에 올랐다. 찾아온 심마와 번뇌를 없애기 위해 꼬박 하루를 소비해야만 했다. 그만큼 사마종과의 만남은 충격적인 일이었다.

문현은 현문 대사를 만날 때는 반드시 경건한 정신을 유지하려 했다. 그것이야말로 그가 할 수 있는 최대한의 예의였다.

소림에 방문하는 객은 많았지만 문현은 줄을 서거나 하지 않았다. 문현이 소림을 방문할 때면 신기하게도 늘 현문 대사가 소림으로 오르는 계단에서 그를 바라보고 있었기 때문이다. 문현은 신선이 있다면 현문 대사와 같을 것이라 생각했다.

"오랜만이로구나."

"스승님을 뵙습니다. 그간 강녕하셨습니까?"

문현은 그대로 현문 대사에게 절을 했다. 이곳이 어디든 어떤 상황이든 상관없었다.

"허허, 거참, 누가 보면 내가 이 나라의 황제인 줄 알겠다, 이놈아!"

"스승님께 올리는 당연한……."

"그 오줌싸개가 하는 말치고는 제법이구나. 불경을 외우기 싫어 땡깡을 부리던 그 말썽쟁이가 말이야."

"예, 옛날 일입니다."

현문 대사가 흰 수염을 쓰다듬으며 말하자 문현은 크게 한숨을 내쉬었다.

"고얀 놈, 몇 해를 넘기고서야 겨우 찾아오다니, 에잉."

"하하, 그, 그래서 스승님께 드릴 선물을 가져왔습니다."

현문 대사는 문현이 손에 들고 있는 짐을 바라보다가 웃음을 지었다.

"희연이가 챙겨준 것이냐?"

"역시… 모르는 것이 없으시군요."

"허허, 모르는 것이 없다면 번뇌할 이유도 없겠지. 자, 올라가도록 하자꾸나. 방장께는 내 따로 일러뒀으니 신경 쓸 필요 없다."

소림방장을 이렇게 대하는 자는 현문 대사뿐일 것이다. 현문 대사는 본인이 기거하고 있는 곳으로 문현을 데려갔다. 소림의 본관과 떨어진 곳에 위치해 있었는데, 절벽에 새겨진 불상이 숭산을 내려다보고 있다.

이곳에서 여러 노승이 우화등선했다는 말이 전해져 오고 있다. 문현은 능숙하게 안으로 들어가 상을 차렸다. 어린 시절 이곳에서 현문 대사와 함께 살았기에 그의 행동은 무척이나 자연스러웠다.

"오랜만에 좋은 술을 마시겠구나."

희연이 챙겨준 것은 산동지방의 명주였다. 문현은 아무 말 없이 잔에 술을 따랐다.

"네 마음속에 욕심과 번뇌가 더욱 심해졌구나."

"결코 떨쳐 버릴 수 없을 것 같습니다, 스승님."

"그것으로도 괜찮다."

문현은 술잔을 들고 있는 현문 대사를 바라보았다. 현문 대사는 늘 그렇듯 인자한 웃음을 짓고 있다.

"인간인 이상 욕심과 번뇌는 떨쳐 낼 수 없다. 다만 경계할 뿐. 너는 오욕칠정(五慾七情)을 버리고서 신선이 될 참이더냐?"

"그럴 리가 있겠습니까? 저는 그저… 희연이, 그리고 제 식솔들이 잘사는 것으로 족하다고 생각했습니다. 하지만… 무인의 길은 포기하기가 어렵습니다."

"네가 원하는 무인이 될 수 있을 터였다. 그렇지 않느냐? 그것을 저버린 것은 대단한 용기다."

문현의 눈동자가 크게 떠졌다. 매번 놀라움을 주는 그의 스승이다. 자신의 모든 것을 알고 있는 것 같았다.

"허허, 내 무당의 도사들과 친해 관상을 좀 볼 줄 안다. 나름 고명한 경지에 이르렀다고 생각했는데 내가 볼 수 있는 것은 여기까지인가 보구나."

"그게 무슨 말씀이십니까?"

"나도 알았으면 좋겠구나."

현문 대사가 술잔을 들자 문현 역시 술잔을 들었다. 예의를 갖추며 술을 들이켜자 화끈한 기운이 문현의 배를 타고 올라왔다. 과연 명주라 불릴 만한 맛이다.

현문 대사 역시 만족한 듯 깊은 웃음을 지었다. 현문 대사는 술 그 자체보다 문현과 나누는 이 시간이 그저 좋았다.

"문현아."

"예, 스승님."

"듣거라. 불법(佛法)을 행하는 것은……."

현문 대사는 천천히 입을 떼어 긴 불경과 더불어 문현이 알 수 없는 구절을 말해주었다. 매번 만날 때마다 그 현묘함이 더해져 문현이 이해할 수 없을 정도였다.

이번 말씀은 전보다 더욱 길었다. 현문 대사의 모습은 경건하기까지 해 문현은 감히 쳐다보기가 어려웠다. 현문 대사가 긴 말을 끝마치고 입을 닫자 문현은 격한 숨을 몰아쉬었다

무언가 강렬한 것이 휘몰아쳤기에 늘 그렇듯 문현의 기억에는 하나도 남지 않았다.

"기억하겠느냐?"

"죄송합니다. 제 자질이 미천하여……."

"아니, 충분하다. 그것으로 충분해. 너는 총명하여 잊는 법을 안다. 무의 자질이 없기 때문에 그것을 잊는 법부터 배운 것이다."

현문 대사는 전혀 아쉽다는 기색 없이 문현과 대화를 하기 시작했다. 사소한 잡담부터 시작하여 희연의 시집 이야기가 나오자 크게 웃으며 문현의 말에 동조했다. 현문 대사는 인자

한 미소를 지으며 자리에서 일어났다.

"문현아, 오늘 밤에는 절대 외출을 하지 말거라."

"예? 그게 무슨……."

문현은 무슨 뜻이냐는 듯 현문 대사를 바라보았지만 현문 대사는 고개를 크게 저을 뿐이다. 현문 대사의 얼굴이 조금 굳어 있다. 처음 보는 스승의 모습에 문현은 당황할 수밖에 없었다.

"내가 일러준 곳에 가서 불경을 공부하고 있거라. 알겠느냐? 누구에게도 네가 그곳에 있음을 알리지 말거라."

"알겠습니다, 스승님."

문현은 현문 대사의 말을 이해하지 못했지만 그렇게 대답했다. 무언가 분명 이유가 있을 거라 생각했기 때문이다.

"흐리구나, 흐려. 오늘 밤은 달이 뜨지 않겠군."

현문 대사의 중얼거림이 문현의 귀에 들려왔다.

*　　　　*　　　　*

밤이 깊어갔다. 문현은 잠이 적은 편이라 늘 밤늦게 잠자리에 들었다. 현문 대사가 문현에게 내준 방은 소림 본관과 조금 떨어진 곳에 위치해 있었다. 현문 대사가 불경을 외울 때 쓰던 방이지만 지금은 낡은 서적을 보관하는 창고로 쓰이고 있었다. 서적이 많은 창고라고 하기엔 너무나 깨끗했고 그냥 바닥에 누워 자도 될 만큼 안은 포근했다.

부처의 품이 있다면 바로 이럴 것이다.

'잡을 수 없는 것에 집착하지 말자.'

가부좌를 틀고 앉은 문현은 마음을 가라앉혔다. 아직 미련이 남아 있기는 하지만 어느 정도는 욕심에서 벗어난 것 같았다. 욕심을 부려보았자 닿을 수 없음을 문현은 알고 있었다. 마음을 비우자 정신이 맑아지는 느낌이 들었다.

무공의 깨달음으로 이어지지는 않았지만 보다 명확하게 자신을 돌아볼 수 있는 계기가 되었다.

'나와 내 가족을 지킬 수 있는 것으로 만족하자.'

절정 고수가 된들 희연과 식솔을 등한시한다면 무슨 소용이 있겠는가? 지존마검을 따라갔다면 분명 희연과 식솔을 등지는 일이 되었을 것이다. 백도무림에 소문이라도 났다가는 상단은 한순간에 사라질 것이며, 희연은 예전에 그랬듯이 떠돌이가 될 확률이 높았다.

'정도(正道)에 어긋난 이익은 화를 불러올 것이라……. 스승님 말씀이 맞구나.'

문현은 후련한 마음이 되었다. 드디어 가볍게나마 미소를 지을 수 있었다. 이번에 그의 스승을 만난 것은 그의 인생에 가장 큰 전환점이 될 것이다. 혼자 번뇌하던 과거가 어리석게 느껴질 정도이다.

'희연이의 배필만 찾으면 가문의 일은 걱정 없겠군.'

배필을 정하는 것은 희연이니 그녀가 마음에 들지 않는다면 문현은 강제할 생각은 없다. 단지 희연이 좋은 짝을 만나 행복했으면 하는 바람뿐이다. 그간 고생한 탓에 성격이 드세고 고집스러운 면은 있지만 그 정도는 희연에게 전혀 흠이 되지 않을 것이다. 천하제일미라 일컬어지는 여자를 멀찍이서 본 적이 있는데 문현의 눈에는 희연이 더 예뻐 보였다.

"스승님께 부탁드려야겠어."

현문 대사 역시 희연을 격하게 아끼기에 많은 도움을 줄 것이다. 희연에게 불순한 의도를 품고 접촉하는 여러 명문 가문에게 쓴맛을 보여준 것이 바로 현문 대사이다. 오히려 소림방장보다 더욱 무림인의 존경을 받는 현문 대사였으니 그를 무시할 자는 존재하지 않았다.

"음……."

생각이 모두 정리되자 피곤함이 몰려왔다. 문현이 자리에 누워 잠을 청할 때였다.

드드득! 스릉!

"응?"

밖에서부터 기이한 소리가 들려왔다. 누군가의 발자국 소리와 함께 철붙이가 갈리는 소리가 같이 들렸다. 소림에서 야밤에 이런 소리가 들려올 리가 없었다.

"무슨 소리지?"

문현은 문을 열어 밖을 바라보았다. 스산한 한기가 스며들었다. 왜인지 알 수 없는 불안감이 문현을 휘감고 있다. 소리가 들리는 쪽은 현문 대사가 기거하고 있는 방향이다.

'스승님께서 나오지 말라고 하셨는데……'

스승님은 무언가 알고 계신 것이 분명했다.

문현은 당장에라도 뛰어나가고 싶었지만 현문 대사의 당부가 있었기에 쉽사리 나설 수가 없었다.

타앙! 탕!

무언가 부서지는 소리가 들리자 문현은 고민을 거두었다. 소림에서 그의 스승이 위험에 처할 가능성은 없었지만 스승의 안부를 걱정하는 것이 제자 된 도리였다. 현문 대사에게 꾸지람을 듣더라도 그는 갈 수밖에 없었다.

문현은 경공을 시전하여 몸을 날렸다.

'몸이 가볍다?'

일류 고수에 비하면 확실히 손색이 있지만 문현의 움직임은 한층 더 날렵해졌다. 마음의 무게를 덜어서인지 좀 더 자유롭게 움직일 수 있게 된 것 같았다. 아니, 원래 그가 가지고 있던 움직임일 것이다. 이제는 어엿하게 삼류의 경지에서 벗어난 문현이다.

문현은 땅을 박차며 소리가 들려오는 쪽으로 빠르게 경공을 전개했다. 현문 대사는 그저 빠른 걸음일 뿐이라 말해주었다. 그 이상 문현이 체득하기는 어려웠다.

콰드드득!

갑작스럽게 문현의 앞에 있던 나무가 터져 나가며 기울었다. 간신히 몸을 날려 피한 문현은 다급한 표정으로 앞을 바라보았다.

"스, 스승님!"

문현의 눈동자가 크게 떠졌다. 현문 대사가 피를 토하며 뒤로 튕겨 나가는 것이 보였기 때문이다. 문현은 이성을 유지할 수 없었다.

그대로 현문 대사에게 몸을 날렸다.

"스승님!"

"오… 지 말라고 하지… 않았느냐!"

"이게 무슨……!"

현문 대사의 모습은 좋지 않았다. 어깨부터 가슴을 지나 배에 이르기까지 커다란 검상이 가로지르고 있고 내상을 입은 것인지 입가에서는 검붉은 피가 흘러나오고 있었다.

"누가! 대체 누가 이런 짓을!!"

"이곳에 있어서는 안 된다!"

현문 대사가 소리쳤지만 문현의 귀에는 들리지 않았다. 문현이 현문 대사를 부축하려 하는 순간 온몸이 굳어졌다. 농도 짙은 기세와 살기가 문현의 몸을 마비시킨 것이다.

문현이 간신히 고개를 돌려 숲 속을 바라보았다. 전혀 인기척이 없었다. 문현으로서는 무엇이 있는지 느낄 수가 없었다.

휘이이익!!

갑작스럽게 날아온 날붙이가 문현의 미간을 향해 쇄도해 들어왔다. 어마어마한 공력이 담겨 그 속도는 가히 빛살이라 부를 만했다.

팅!!

문현의 미간이 뚫리려는 순간, 현문 대사의 주먹이 날붙이를 후려쳤다. 대성을 넘어 새로운 경지를 창조한 소림의 백보신권이 펼쳐진 것이다.

"쿨럭!"

하지만 현문 대사의 상태는 결코 좋지 못했다. 현문 대사는 바짝 얼어 있는 문현을 바라보다가 무언가 결심한 듯 표정을 굳혔다.

"꽉 잡거라!"

현문 대사가 문현을 잡고 경공을 전개했다. 허공답보의 묘리를 이용해 공중으로 날아오르다가 그대로 튕겨 나오듯 빠르게 나아가기 시작했다. 절정에 이른 궁신탄영의 수법이다.

"스승님!"

문현은 현문 대사가 자신의 모든 공력과 선천지기를 소모하고 있음을 깨달았다. 그럼에도 현문 대사는 멈추지 않았다.

사방에서 날붙이가 날아오고 암기의 비가 내렸지만 현문 대사는 멈추지 않았다. 호신강기는 일찍이 파훼되어 그의 등에는 빼곡하게 암기가 박혀 있었다. 그럼에도 신음성 한 번 내뱉지 않고 가파른 산세를 오르는 현문 대사였다.

현문 대사의 몸이 허공에서 미끄러지듯이 떨어져 내렸다.

콰앙!!

그대로 넘어지며 바닥을 굴렀다. 문현 역시 바닥을 이리저리 구르다가 간신히 멈춰 섰다. 간신히 절벽 끝에 이르러 멈춰 설 수 있었다.

문현은 바닥을 기며 현문 대사에게 다가갔다.

"도, 도대체 이게 무슨 일입니까! 어째서 소림에……!"

"문… 문현아, 잘 듣거라. 쿨럭!"

"상처부터 다스려야……!"

문현이 내공을 일으키며 현문 대사의 혈도를 점하려 하자 현문 대사는 문현의 손을 잡고 고개를 저었다.

"네가 감당할 수 없는 거대한 흐름이다. 어쩌면 이것이 속세에 속한 너와 나의 말로일지도 모른다. 하지만 이리 되어서는 안 된다. 이리 되어서는……."

"더, 더 이상 말씀하지 마세요, 스승님!"

문현은 그 어떤 것도 해줄 수가 없었다. 그의 미천한 내공으로는 현문 대사를 도울 방법이 없었다.

"흐름에 벗어날지라도 너만은 살아야 한다."

"스승님!"

뒤에서부터 기척이 느껴졌다. 사파의 복식을 입은 자들이 자신들의 앞에 가볍게 내려서며 흉흉한 안광으로 문현과 현문 대사를 노려보았다. 현문 대사는 마지막 남은 선천지기를 모조리 일으키며 자리에서 일어났다. 진기의 막대한 소모 탓에 정정하던 그는 몇 십 년이나 늙어 보였다.

"도망치거라! 그리고 살거라!"

문현은 멍한 표정으로 현문 대사를 바라보았다.

"살거라!"

현문 대사는 그런 문현의 가슴을 손으로 밀었다. 막대한 내력이 스며들어 오며 문현의 몸을 절벽 끝으로 밀어냈다.

"스승님!!"

문현의 몸이 포물선을 그리며 아래로 떨어져 내리기 시작했다. 떨어져 내리는 순간 문현의 눈에 들어온 것은 마치 부처와 같은 미소를 지으며 자신을 바라보고 있는 현문 대사였다. 그리고 그의 몸에 박히는 검과 도를 본 순간 문현은 그 어떤 것도 생각할 수 없었다.

"으아아아아악!!"

모든 진기가 들끓었다. 자신의 눈으로 본 것이 도저히 믿기지 않아 순식간에 심마가 찾아온 것이다. 하지만 현문 대사의 내력이 그의 심마를 물러나게 했다. 미치고 싶었지만 문현은 결코 미칠 수 없었다. 떨어져 내리는 몸을 다시 돌릴 수도 없었다.

그는 너무나도 나약했다.

휘이이이!

나뭇가지가 양옆을 스쳐 지나갔다.

우지끈!

"커억!"

나무 기둥에 그대로 직격한 문현은 공중에서 마구잡이로 뒹굴며 바위 사이를 구르기 시작했다. 거대한 바위에 부딪치며 계곡물에 엉망진창으로 굴렀다.

드르르륵! 텅!

한참을 굴러 내려가다가 바위에 한 차례 더 부딪치자 그의 신형이 멈추었다.

"크으으……."

핏물과 함께 신음성이 터져 나왔다.

단정하던 옷은 여기저기 찢어져 버렸고, 흘러내리는 피와 흙에 그야말로 넝마가 되었다.

문현은 몸을 꿈틀거렸다. 엄습하는 막대한 고통과 정신적인 충격에 의식이 몽롱했다. 이대로 죽어버릴 것만 같았다. 그래, 차라리 이대로 죽는 것이 이 고통을 끊는 길이 될 것이다.

이대로 죽는 것이…….

'네 이놈!!'

그의 귀에 현문 대사의 호통이 들리는 듯했다.

"크하!"

문현은 죽은피를 내뱉으며 한차례 긴 호흡을 들이마셨다.

첨벙첨벙!

낮게 흐르는 계곡물에 잘 움직여지지 않는 사지를 어떻게든 움직이려 애쓰며 바닥을 기었다.

달빛을 받아 드러난 계곡물이 온통 새빨갛게 변해 있었다. 문현에게서 흐르는 피가 계곡물에 번진 것이다.

'살아야… 해.'

지금은 그 생각밖에 없었다. 오로지 그 생각밖에 나지 않았다. 문현은 계곡에서 간신히 기어 나와 두꺼운 나무 기둥에 몸을 기대었다.

"쿨럭!"

현문 대사의 내력이 문현의 혈맥을 따라 돌며 죽은피를 밖으로 몰아냈다. 보통 때라면 극심한 내상과 온몸에 입은 큰 부상에 벌써 죽었을 것이다. 하지만 현문 대사의 선천지기를 담은 정순한 진기가 그의 목숨을 붙잡고 있었다.

'스승님……'

현문 대사의 진기가 움직임을 서서히 멈추자 문현의 의식이 흐려지기 시작했다. 그의 눈앞에 엄한 표정으로 서 있는 현문 대사의 모습이 보이는 것 같았다.

거친 숨을 몰아쉬며 정신을 차리려 애써보았지만 점점 시야가 흐려졌다. 바들바들 떨리던 몸이 축 늘어지며 문현의 눈이 서서히 감겼다.

제3장
추격

좋은 밤이다.

달빛이 아름다울 정도로 밝은 밤이었다. 하나 사방에서 풍기는 불길함은 아름다움을 퇴색시키고 있었다.

"어찌 되었나?"

미려한 얼굴을 지닌 미공자가 그렇게 물었다. 그의 목소리에는 강인한 힘이 담겨 있었다. 중후한 목소리가 아닌, 아직 청년의 것으로 보였지만 사람을 굴복시키는 힘이 존재했다.

그가 나지막하게 말하자 아무도 없던 공간에서 순식간에 수십의 사내가 나타나며 엎드렸다. 기이하게도 사파의 복식을 하고 있었지만 전혀 어울리지 않았다.

쾅!

한차례 이마를 바닥에 찧은 그들은 천천히 일어서서 읍하였다.

임금에게나 할 법한 극진한 예였다.

그와 가장 가까이에 있는 자가 조심스럽게 입을 떼었다.

"늙은 중은 계획대로 처리했습니다만 제자 놈은 놓쳤습니다."

"놓쳤다……. 그 백문현이란 자가 그 정도의 고수였더냐?"

미공자는 백문현이라는 이름을 곱씹었다. 조사에 따르면 제법 인망이 높은 자였다. 하나 무공 수위는 삼류에서 겨우 벗어난 정도였고, 그의 가문은 조잡하기 그지없었다.

그는 자신의 예상을 벗어난 백문현이란 이름을 머리에 새겨두었다. 아무리 나약한 적이라도 그는 결코 좌시하지 않았다. 게다가 조금 흥미가 생겼다.

"아닙니다. 늙은 중이 술수를 부렸습니다. 대업에 흠집을 내었으니 자결하여 죄를 씻겠습니다."

미공자가 눈썹을 찌푸리자 어마어마한 기세가 사내를 내리눌렀다. 부복한 사내는 금방이라도 자결할 태세였다.

"대업? 이까짓 일이 대업이란 말이냐? 언제부터 이런 유치한 놀음이 대업이 된 것이지?"

그가 그렇게 말하자 부복한 사내는 단검을 꺼내 자신의 혀를 잘랐다. 남자는 그런 그를 바라보다가 고개를 돌렸다.

"용서하도록 하겠다. 두 번의 실수는 용납하지 않는다. 추살하라."

"존명!"

사내들이 그렇게 외치며 마치 바람과도 같이 사라졌다. 사파의 무공이라 보기에는 체계적이고 패도적인 기운이 더욱 강했다.

"무림의 거성이 떨어졌군. 백도무림의 번영과 스스로의 이익을 위한다고는 하나 소림이 이토록 타락했을 줄이야."

미공자는 고개를 저으며 말했다. 그의 눈에는 경멸의 빛이 떠올라 있다. 현문 대사는 굉장히 존경받는 자였고, 이런 치졸한 계획으로 죽이기에는 아까운 자였다.

소림이 그를 죽인 것이다. 칼을 휘두른 것은 소림이 아니었지만 분명 소림이 그를 죽였다.

"부처도 결국은 인간이지."

그는 소란스러운 소림 금불각을 바라보다가 고개를 돌렸다. 그의 손에는 비급 하나가 들려 있다. 조악한 필체로 쓰여 있고, 그 겉면은 사람의 피부로 만들었기에 무척이나 흉측했다.

사법(邪法).

오래전 혈혈단신으로 무림을 피바다로 물들인 혈마지존이 만들었다고 알려진 사술의 모든 것이 담긴 비급이다. 사파의 뿌리와도 같다고 보면 되지만 위험성 때문에 소림의 금불각에서 지키고 있던 것이다. 하나 그 실제 내용은 조잡하기 그지없어 오로지 상징적인 의미만 있을 뿐이었다. 그 사실을 아는 자는 그리 많지 않았다.

"누가 사파이고 누가 정파인가. 웃기는 일이야. 결국 무림은 마교가 지배할 수밖에 없을 것이다."

그는 광오한 말을 내뱉었다.

"하늘 위에 부처가 있다면 내가 떨어뜨릴 것이다."

그의 전신에서 무형지기가 뿜어져 나와 주변을 초토화시켰다. 구파일방의 거대한 기둥인 소림을 보며 냉소를 지은 그는 어둠에 스며들듯 그렇게 사라졌다.

*　　　*　　　*

편안했다. 마치 구름 위에 떠 있는 것 같았다. 그러다가도 깊은 호수에 잠겨 있는 것처럼 몸이 무거워졌다. 계속해서 밑으로 떨어져 내리는 감각이 그의 정신을 잡아끌었다.

이대로 계속 저 밑으로 떨어져 아무것도 생각하고 싶지 않왔다.

'갈!'

갑작스럽게 들리는 목소리에 정신이 들었다. 환청임에 분명했지만 절로 눈물이 났다.

너무나도 그리운 목소리.

다시 들을 수 없는 그 목소리였다.

문현을 잡아끌던 것이 사라지며 그의 눈이 번쩍 뜨였다.

"으, 으으으."

턱이 덜덜 떨렸다. 엄청난 한기가 전신을 떨리게 만들고 있었다. 정신을 차린 문현은 온몸에서 느껴지는 고통에 이를 악물었다. 여기저기 찢어지고 날카로운 돌조각이 박혔지만 부러지거나 잘려 나간 곳은 없어 보였다.

외공을 익힌 덕과 현문 대사의 내력이 그를 보호해 준 것이다. 그럼에도 상태는 너무나 안 좋았다. 극심한 내상을 입어 진기를 운용할 수 없었다. 게다가 계속되는 출혈이 그의 정신을 아찔하게 했다.

"……"

한동안 나무 기둥에 등을 기댄 채 그렇게 앉아 있었다. 부엉이 우는 소리가 조용하게 울려 퍼졌다. 눈이 조금씩 감겼다.

'살아야 한다! 살아야 해!'

벼락을 맞은 듯 다시 눈이 떠졌다. 나무 기둥을 잡고 간신히 몸을 일으켰다. 삶에 대한 의지와 본능적으로 엄습한 불안감이 그의 몸을 움직이게 하고 있었다.

저벅저벅.

온몸이 내지르는 비명을 무시하며 발을 절뚝이며 걸어갔다. 이곳이 어디인지 감이 잡히지 않았다. 문현은 계속해서 피가 흐르는 자신의 발을 바라보았다. 임시방편으로 옷을 찢어 묶어도 금세 다시금 흘렀다. 점혈을 해보아도 한 줌의 진기조차 없으니 소용없었다.

보다 강하게 압박한다면 어느 정도 버틸 수야 있겠지만 움직이지 못하게 될 터였다.

그는 무언가 결심한 듯 부싯돌을 꺼내 마른 나뭇잎과 가지에 불을 지폈다. 그리고 두꺼운 나뭇가지에 옮겨 붙게 했다.

"후우, 후우."

숨을 몰아쉬며 불이 붙은 나뭇가지를 바라보았다. 그리고는 심장 박동에 맞추어 피가 새어 나오는 다리의 상처를 바라보았다.

부스럭!

무언가 인기척이 들리는 것 같았다. 그러나 문현은 지체하지 않고 불이 붙은 나뭇가지를 상처에 가져다 대며 그대로 살을 지져 버렸다.

치지지직!

"…읍!"

입을 손으로 막으며 비명을 참아냈다. 독기까지 흐르는 눈으로 비명을 참은 다음 출혈이 멈춘 것이 확인되자 바로 불이 붙은 나뭇가지를 계곡에 던져 버렸다.

'고통은 익숙하잖아?'

많은 생각이 떠올랐다가 사라졌다. 떠돌아다니던 시절에는 늘 고통과 함께 살다시피 했다. 매 맞아 죽을 뻔한 적도 있기에 스스로 이 정도는 아무것도 아니라고 위로했다.

'가만히 있으면 안 돼!'

본능적으로 자신이 처한 위험을 알아차렸다.

으득!

그의 스승을 죽인 자들은 결코 자신을 살려 보내지 않으려 할 것이다. 그 정도의 고수들이라면 벌써 이 부근까지 수색 범위를 넓혔을 것이 뻔했다. 현문 대사의 안배로 지리적으로 험하고 숨기 적당한 곳으로 떨어졌지만 그런 이점도 얼마 못 가 사라질 것이다.

상대는 절정에 이르렀을 것이 분명한 고수. 자신은 기껏해야 삼류를 벗어난 경지이다. 게다가 진기 운용이 어려워 경공을 펼쳐 벗어나기는 기대하기 어렵다.

'숨어서 몸을 회복해야 해. 어떻게 해서든……'

살 길은 그것밖에 없었다. 어떻게든 살아남아야 한다. 자신은 물론이고 희연, 그리고 식솔들이 위험할 수도 있었다. 하지만 공개적으로 일을 벌이기는 어려울 것이라고 문현은 생각했다. 소림에서 일어난 사태를 무림맹이 안다면 분명 자신과 가문을 비호해 줄 것이다.

'그래, 내가 어떻게든 버텨야 해.'

문현은 이를 악물었다. 절뚝절뚝 계곡을 따라 걷다가 진흙을 온몸에 바르기 시작했다. 상처에 파고들어 통증이 엄습했지만 지금은 일단 냄새를 없애야 했다.

전문적으로 훈련된 살수의 후각은 상상할 수 없을 정도로 발달하여 마치 들개와도 같다는 것을 들은 기억이 있다. 전신에 빠르게 진흙을 바른 그는 물기가 마르기 전에 바닥을 굴렀다. 떨어진 나뭇잎이 온몸에 달라붙었다.

'내 행동반경은 다 예상했을 것이 분명하다.'

현문 대사를 공격한 그 움직임은 분명 전문적인 살수였다. 그렇다면 추격에도 능할 터였다.

문현은 속도를 높여 빠져나가기보다는 안전한 길을 택했다. 바닥에 엎드려 포복으로 조금씩 이동하는 것이다. 다행히 숭산은 약초와 산열매가 풍부했기에 어느 정도 버틸 힘은 비축할 수 있을 것이다.

분노에 이가 갈렸지만 그마저도 소리 내지 않았다. 문현은 일부러 몸을 식히고 평정심을 유지하며 심장 박동을 낮추려

애썼다.

'살아남아서… 반드시 죗값을 치르게 할 것이다!'

문현은 스스로 그렇게 다짐하며 조용히 바닥을 기었다. 작은 기척이라도 나면 그대로 숨을 멈추고 바닥에 더욱 달라붙었다. 작은 산열매와 그가 알고 있는 약초, 그리고 벌레 따위를 먹어가며 느리지만 꾸준히 이동했다.

문현의 앞은 어두웠다.

그건 아마 그가 처한 상황이 너무나도 어둡기 때문일 것이다. 일찍이 동이 텄음에도 문현은 그것을 몰랐다.

*   *   *

자신과의 싸움이다. 정신을 놓는다면 지는 것이고 끝까지 잡고 고통을 참는다면 이긴다. 차라리 그렇게 생각하자 문현은 마음이 조금은 편해졌다. 조여오는 포위망에 목이 막힐 지경이었지만 두려워하거나 위축되지는 않았다.

독기를 품은 문현은 더욱 냉정하고 침착해졌다.

'기척이 느껴지고 나서 반 시진, 움직여도 되겠어.'

기척이 들리면 그 대상이 명확하게 판명될 때까지 문현은 결코 움직이지 않았다. 되도록 숨을 느리게 쉬었고, 두근거리는 심장을 진정시켰다. 그가 아직까지 살아 있을 수 있는 이유는 산이 가지고 있는 기척의 박자를 알고 있기 때문이다.

주위에 추격자가 가까이 오게 되면 산의 모든 기척이 사라지거나 요란스럽게 변했다.

'정말 엄청난 고수들은 산을 가르고 땅을 뒤집는 힘을 지녔나요?'

문현은 어릴 때부터 무를 동경했다.

그가 무척이나 어린 시절 그의 스승에게 그렇게 물은 적이 있다. 현문 대사는 그런 질문이 귀찮을 법한데도 늘 자상한 미소를 지으며 그에게 진심으로 자신이 알고 있는 모든 것을 섞어 답해주었다.

'허허허, 문현아, 달마대사가 온다고 해도 산과 땅을 이길 수 없단다. 산의 호흡은 인간의 심장 박동보다도 훨씬 거대하지. 비교하자면 계곡물과 대해(大海)의 크기란다.'

'무슨 뜻인지 모르겠어요.'

'작은 새싹, 작은 동물, 나무, 더 큰 나무, 더 큰 동물, 모두 산에서 살며 같이 호흡하지. 그것들이 모여 산의 호흡을 만들고 산을 살아 있게 만든단다. 인간이 아무리 강해도 그것을 어지럽힐 수 없고 그 속에 녹아날 수 없는 것이지.'

'어렵네요.'

'그래, 어렵지. 인간의 마음조차 잘 알지 못하는 우리가 어찌 대자연을 알겠느냐?'

현문 대사는 죽어서도 문현을 살리고 있었다. 현문 대사와 산에서 지낸 추억이 그의 목숨을 살리고 있는 것이다.

'아무리 고수라도 산을 속일 수는 없는 거야.'

문현은 숭산이 마치 자신의 든든한 아군처럼 느껴졌다. 하지만 그렇다고 해도 추격자를 뿌리치긴 힘들었다. 해가 몇 번 뜨고 졌는지 기억도 나지 않을 만큼 버텼지만 포위망은 확실히 좁혀지고 있었다. 느려진 이동 속도가 그것을 여실히 말해주고 있었다.

'이틀, 아니, 하루도 버티지 못해.'

아직 산의 중반부도 벗어나지 못했다. 운이 좋아 산에서 버텨 벗어난다고 해도 인가를 발견하기 전에 죽을 것이 분명했다. 산이라는 이점이 없다면 한 시진도 버티지 못할 것이다.

'어떻게든 포위망을 뚫을 수만 있다면…….'

의외의 상황이 필요했다. 수를 써야 했다.

하지만 어떤?

땅을 기어 다니는 것도 힘든 형편이다.

'일단 힘을 비축해 놓아야 한다.'

그는 몸을 조금씩 움직여 보았다. 다행히 상처가 제법 아물어 그럭저럭 움직일 수는 있었다. 오랫동안 바닥을 기어 팔과 다리는 쓸린 상처로 엉망이었지만 운신하기 힘들 정도는 아니었다.

'동이 트면 분명 들킨다.'

분명 그럴 것이다. 그를 추격하는 고수들은 마치 사냥이라
도 하는 것처럼 그를 몰아넣고 있었다. 문현을 결코 놓아주지
않겠다는 듯 집요하고 끈질겼다.

부스럭!

옆에서부터 기척이 느껴졌다. 추격자의 기척은 아니었다.
수풀 사이로 고개를 내밀고 있는 것은 자그마한 사슴이었다.
그러다가 다시 수풀에 고개를 파묻고는 잠을 청하기 시작했
다.

'지금은······.'

지금껏 약초와 벌레 따위를 먹으며 왔기에 그는 많이 지쳐
있었다. 몇 번 사냥할 기회가 있기는 했지만 흔적을 남기지
않기 위해 정말 깊은 인내를 해야만 했다.

하지만 어차피 동이 틀 무렵이면 단박에 들킬 정도로 그들
의 포위망과 가까워져 있는 지금은 뭐라도 먹어서 힘을 비축
하는 것이 최선이었다.

문현은 최대한 기척을 죽이며 사슴에게로 천천히 다가갔다.
사슴은 가끔 움찔거렸지만 달아나지는 않았다. 바로 앞까지
이르러 문현은 깊이 숨을 들이쉬고는 그대로 돌로 사슴의 머
리를 찍어버렸다.

퍽!

작게 내력을 일으키며 찍었기에 사슴은 그대로 절명하고 말았다.

"후우."

작게 숨을 내쉬며 주변을 살폈다.

"……."

벌레 소리와 부엉이 울음소리만이 가득했다. 불길한 느낌이 들었지만 이제는 돌이킬 수 없었다. 여기까지 온 것만 해도 기적에 가까웠다. 하지만 그는 절대 죽을 수 없었다. 기필코 살아남아 이런 잔인한 술수를 쓴 놈들을 가만히 놔두지 않을 것이다.

문현은 몸을 일으키며 죽은 사슴을 내려다보았다. 그의 눈에 독기가 흐르고 있다.

콰득!

그대로 사슴의 목덜미를 물어뜯어 콸콸 흘러나오는 피를 마셨다.

"꿀꺽꿀꺽!"

전혀 역겹지 않았다. 이슬로 간신히 목을 축일 때와는 비교도 되지 않는 만족감이 찾아왔다. 얼굴이 사슴의 피로 물들었지만 문현은 입을 떼지 않았다. 꾸준히 단련해 온 문현에게 작은 사슴의 가죽 따위는 장해물이 되지 않았다.

가죽을 벗기고 드러난 살을 마치 아귀처럼 씹어먹은 다음 따듯한 심장을 뽑아냈다.

"우적우적!"

결코 맛으로 먹는 것이 아니었다. 아무런 생각 없이 그저 입안으로 쑤셔 넣었다. 숨 쉬는 것마저 잊고 계속해서 먹었다. 비릿한 냄새 때문에 구역질이 치밀어 올랐지만 절대 뱉어내지 않았다. 오히려 탈이 나지 않게 잘근잘근 씹어 넘겼다.

"꿀꺽!"

'살아남는다. 반드시.'

든든한 포만감이 밀려오자 문현은 그대로 가부좌를 틀고 운기에 들어갔다. 약초를 먹은 덕분인지 불완전하기는 하지만 내력이 조금씩 혈맥을 따라 돌았다. 약초를 먹은 것이 내상 치료에 유효하게 작용한 것이다.

문현은 단전에 차오른 내공을 느끼며 깊은 숨을 내쉬었다. 내공의 수위는 삼류에 불과했지만 그래도 든든하게 느껴졌다.

문현은 사슴을 바닥에 묻고 나서 눈을 굴렸다.

'계곡을 따라 이동해야 해. 내 예상이 맞다면… 분명……'

계곡의 폭이 점점 커지고 물살이 빨라지는 것을 보니 자신이 알고 있는 곳으로 향하는 물길이 분명했다. 어린 시절, 불경 외우기가 싫을 때 현문 대사가 희연이와 함께 그를 종종 데려오곤 하던 곳이다. 달마가 참선을 했다는 곳이기도 했다.

'다른 수가 없어.'

막다른 골목이다. 처참하게 죽을 확률이 높았지만 그래도 시도는 해봐야 했다. 이대로 죽는다면 그는 분명 구천을 떠도는 귀신이 될 것이다.

"으득!"

절로 이가 갈렸다. 눈에는 핏발이 서 있다. 그는 맹렬하게 분노하고 있었지만 차분해지려 애썼다. 지금 같은 상황에서는 격한 감정은 독이 될 뿐이다. 심마라도 찾아온다면 제대로 된 판단을 할 수 없었다.

'불법을 행한다는 것은……'

현문 대사의 말이 떠올랐다. 당시에는 잊었으나 왜인지 문득 생각이 났다. 몇몇 어절을 떠올리자 신기하게도 마음이 가라앉았다.

문현은 자리에서 완전히 일어났다. 싸늘한 공기가 불길하게 느껴졌다. 끈적끈적하고 기분이 더러운 그런 것이 공기에 섞여 있는 것 같았다.

"후……"

날씨가 춥지 않음에도 하얀 입김이 새어 나왔다. 섬뜩한 한기마저 느껴졌다. 동이 트면 자신의 위치를 단번에 알아차릴 것이다. 흔적을 지운다고 지웠지만 저들의 눈을 피하기는 어려울 터였다.

문현은 서서히 내력을 일으키며 빠르게 땅을 박차고 달려나갔다. 힐끔힐끔 계곡을 보면서 전력을 다해 경공을 전개했다. 온몸이 삐걱거렸지만 결코 속도를 줄이지 않았다. 내공이 바닥나면 즉시 운기를 하였고, 지체할 겨를 없이 바로 경공을 전개했다.

'물소리가 커진다!'

문현의 눈에 이채가 서렸다. 그의 생각이 맞다면 얼마 가지 않아 큰 폭포가 나올 것이다. 굉장히 높은 폭포지만 죽을 각오로 뛰어내린다면 어쩌면 살 수도 있었다. 폭포 밑 웅덩이에는 작은 수중 동굴이 있었는데 어릴 때 희연이가 물장난을 치다가 발견한 곳이다.

문현의 눈에 점점 희망이 생길 때였다.

휘이익!

어둠 속을 가르고 날아온 암기가 문현의 그의 팔에 박혔다.

"큭!"

강렬한 고통에 잠시 몸을 휘청거렸지만 결코 멈추지는 않았다. 암기에 상당한 내력이 담겨 있어 속이 진탕이 되는 것 같았다.

삐이이익!

예상보다 포위망은 견고했다. 하늘을 가르는 호각 소리가 문현에게는 저승길로 향하는 출발 소리처럼 느껴졌다.

문현은 이를 악물고 암기를 뽑아냈다. 독을 발랐는지 점혈을 했음에도 출혈이 멈추지 않았다.

문현은 자신의 피로 범벅인 암기를 손에 꽈악 쥐었다.

쉬익!!

정막만이 가득한 어두운 숲 속에서 또다시 기이한 형태의 암기가 그를 향해 쏘아져 왔다. 문현이 이를 악물며 간신히 몸을 뒤틀어 피했지만 완벽한 허초였다.

퍼억!

암기 끝에 달린 쇠사슬이 기묘하게 움직이더니 그대로 그의 어깨를 뚫어버렸다.

"크악!"

그는 고통 속에서 자신의 어깨에 박힌 것을 바라보았다. 마치 말뚝같이 생겼는데 그 끝이 갈고리처럼 되어 있어 한 번 박히면 잘 빠지지 않는 형태였다.

스르릉!

쇠사슬이 팽팽히 당겨지자 그의 몸이 앞으로 끌려갔다. 그의 내력으로는 저항할 수 없는 강력한 힘이다.

'사로잡을 생각인가?'

일부러 급소를 노리지 않은 것 같았다. 아니면 언제든 죽일 수 있다는 여유인지도 모른다.

'아직 한 명뿐이야.'

어깨에 박힌 암기 때문에 움직일 수조차 없다. 마치 거미줄에 걸린 나비가 된 기분이다. 게다가 독이 퍼지기 시작했는지 호흡이 잘 되지 않고 졸음이 밀려왔다.

'틈을 노려 한 번에 뽑아내야 한다.'

문현은 일부러 몸을 축 늘어뜨렸다. 힘이 다한 것처럼 위장한 것이다. 문현이 바닥에 무릎을 꿇으며 고개를 숙이자 쇠사슬이 천천히 당겨지기 시작했다.

쇠사슬이 팽팽하게 당겨졌을 때.

쉬익!!

내력을 담아 손에 든 암기를 쇠사슬의 끝을 향해 던졌다. 그러고는 바로 어깨에 박힌 암기를 손으로 잡고 거칠게 뽑아냈다.

푸악!

어깨에 커다란 구멍이 나며 피가 뿜어져 나왔지만 문현은 이를 악물고 달렸다. 어깨의 상태를 보니 이제는 팔을 움직일 수 없을 것 같았다.

쉬익! 쉬익!

"크윽!"

그의 등을 향해 암기가 쏟아져 내렸다.

과연 고수의 암기술이었다. 강력한 내력이 담겨 있을 뿐만 아니라 그 정확도는 문현의 상상을 뛰어넘을 정도로 정확했다.

암기는 여지없이 문현의 주요 혈맥에 처절하리만큼 깊이 박혀 들어갔다.

"쿨럭! 여기서… 죽을 것 같으냐!"

문현은 바닥을 구르며 나무와 나무 사이를 달렸다. 암기가 허벅지를 관통했지만 그는 다리를 절면서도 멈추지 않았다.

휘이이이!

어둠을 가르며 푸른 섬광이 일어났다. 문현의 발이 돌에 걸려 넘어진 순간 그의 어깨 옆을 아슬아슬하게 스쳐 지나가 나무에 박혔다.

콰앙!!

거대한 나무가 터져 나가며 쓰러졌다. 문현은 오싹했다. 돌에 걸려 넘어지지 않았다면 자신의 한쪽 팔이 뜯겨져 나갔을 것이다. 너무나도 흉악한 암기술이었다.

'물소리!'

이 앞에 폭포가 있다. 그는 다리를 질질 끌며 필사적으로 앞을 향해 나아갔다. 나무가 사라지며 폭포의 모습이 드러났을 때 그의 등 뒤로 검은 인영이 모습을 드러냈다.

문현은 폭포를 등지고 검은 인영을 바라보았다. 흑의를 입고 복면을 쓴 자다. 그가 문현의 어깨에 박힌 쇠사슬 달린 암기를 돌리며 천천히 그에게 다가왔다.

'전혀 지친 기색이 없어.'

마치 산책이라도 나온 듯 한가로운 모습이다.

"이 정도로 우리를 애먹게 하다니⋯⋯. 주군께서 너를 신기하게 여겨 특별히 산 채로 잡아오라 명하셨다."

"변덕인가?"

문현은 시간을 끌어야 했다. 미약한 내공으로 독기를 어느 정도 잠재우기까지 말이다. 보아하니 죽일 생각이 없는 것 같으니 좀 더 과감하게 나가도 괜찮을 것 같았다.

"보름 이상 버틴 것은 칭찬해 주마. 그것도 기껏해야 삼류 무사인 자가 말이지."

"점수가 후하시군. 크으⋯⋯."

살수는 고개를 저었다.

"이틀마다 한 명씩 목숨을 바쳤다. 주군을 실망시켜 드린 대가로 말이야. 무려 여덟 명이다. 그 정도 수라면 구파일방의 절정 고수라도 당해내지 못해."

애석하게도 문현은 기껏해야 삼류를 벗어난 무인이지만 구파일방의 절정 고수도 할 수 없는 일을 해낸 것이다. 하지만 지금 중요한 것은 그것이 아니었다.

살아남아야 했다.

'큰일이군.'

문현은 꼴이 말이 아니었다. 서 있는 것이 신기할 정도였다.

어깨에는 구멍이 뚫려 팔이 덜렁거렸고, 등에는 여러 개의 암기가 박혀 있다. 한쪽 허벅지의 상처 역시 중상이다.

그럼에도 눈빛은 죽지 않았으니 대단한 정신력이라고 할 수 있었다.

"이제 그만하거라. 주군께서도 네게 고통을 주진 않으실 것이다."

"스승님을 죽인 네놈들 자체가 나에겐 고통이다. 왜 그랬는지는 묻지 않으마. 반드시 죽여 버릴 것이다!"

문현은 악에 받쳐 외쳤다. 그러면서도 조심스럽게 옆구리에 박힌 암기를 빼냈다. 평정심을 잃은 모습이지만 실상은 그렇지 않았다. 절제한 분노를 담아 외쳤을 뿐이다.

'독이라면 어느 정도 내공을 흩어버릴 수 있을 거야. 나를 살려서 데려가야 한다면 더 이상의 수는 쓰지 못할 터.'

문현은 핏발이 선 눈으로 그를 바라보았다.

"으아아아! 죽여 버릴 거야! 반드시 네놈들을!!"

문현이 날뛰기 시작했다. 흥분을 가장한 것이었다. 목숨을 건 연기가 시작되었다. 문현이 날뛰자 피가 사방으로 뿌려졌다. 더 이상 날뛰었다가는 과다 출혈로 죽을 것이 뻔했다. 살수도 그것을 깨달은 것 같았다.

'단 한 번의 기회야.'

살수는 그를 묵묵히 바라보다가 암기를 내려놓았다. 그러고는 단번에 신법을 전개하여 문현의 코앞까지 다가왔다. 내공을 담아 문현의 혈을 짚으며 그의 몸을 마비시켰다.

"너는 충분히 할 만큼 했다."

문현이 굳은 듯 그렇게 서 있자 살수는 품에서 해독제와 지혈제를 꺼내기 시작했다. 그때 문현의 굳어 있던 팔이 서서히 움직이기 시작했다.

점혈을 했음에도 문현은 움직이고 있었다.

몸에 박힌 암기를 꺼낼 때 일부러 주요 혈맥을 찔러 독을 몰아 넣고 그것을 가리기 위해 미친 척 연기를 한 것이었다.

스스로 주요 혈맥에 독을 넣는 것은 자살 행위에 가까웠지만 몸에 침입한 내공을 흩어버리고 점혈을 풀기 위한 최선의 방법이었다.

팔을 움직일 수 있다면 나머지 점혈을 풀 수 있을 것이다.

이것은 도박이었다.

'되었다!'

다행히도 아슬아슬하게 살수의 내공이 흩어지며 팔을 움직일 수 있게 되었다.

파팟!

팔을 움직일 수 있게 된 문현은 암기로 스스로의 혈맥을 빠르게 찍었다. 순간 몸을 마비시키고 있던 살수의 내공이 흩어지며 몸을 움직일 수 있게 되었다. 방심하고 있던 살수가 고개를 들자 문현은 모든 내력을 암기에 담아 살수의 얼굴을 향해 던졌다.

근거리에서 암기가 살수의 얼굴을 찌를 듯이 뻗어갔다. 살수가 얼굴을 틀었지만 그의 눈에 암기가 박혀 들어갔다.

"크윽!"

살수가 신음을 흘리며 문현을 제압하려 했지만 문현은 이미 뒤로 몸을 날린 상태였다. 절벽의 끝을 넘어 폭포의 물줄기를 따라 밑으로 떨어지려 할 때였다.

덥석!

"크윽!!"

빠르게 신법을 전개한 살수가 문현의 팔을 잡은 것이다. 살수는 팔에 힘을 주어 그의 몸을 끌어올리기 시작했다. 문현은 필사적으로 몸에 박힌 암기를 뽑아낸 다음 살수의 손을 찔렀다. 하지만 외공을 익혔는지 암기가 박히지 않았다.

'젠장, 무슨 몸놀림이 이렇듯 빠르단 말인가!'

정면으로 붙었다면 일초지적도 안 될 것 같았다. 문현은 매달린 채로 발버둥을 쳤지만 그의 팔은 꿈쩍도 하지 않았다. 살수의 등 뒤로 어느새 다른 살수들이 도착해 있었다.

'더 이상 기회는 없다.'

문현은 자신의 손을 바라보았다. 어차피 덜렁거리는 어깨다. 회복된다고 해도 팔을 움직일 수는 없을 것이다. 그렇게 위로해야만 했다.

"으아아아아!"

푹푹! 서걱!!

그는 망설임 없이 그대로 자신의 팔을 암기로 찌르고 베었다. 선천지기까지 소모하자 문현의 팔이 처참한 꼴로 떨어져 나갔다.

"미친……!"

살수가 욕을 내뱉으며 떨어져 내리고 있는 문현을 바라보았다. 잘려 나간 문현의 팔을 잡고 있는 살수의 눈에 당혹감이 서렸다. 고수를 한 방 먹였다는 생각에 팔을 희생했지만 조금은 개운한 문현이었다.

'어떻게든 살 수만 있다면……!'

문현의 몸은 빠르게 떨어져 내려갔다. 폭포의 줄기를 따라 그대로 낙하해 폭포 밑의 웅덩이에 떨어져 내렸다.

풍덩!

정신을 붙잡고 웅덩이 안으로 잠수해 동굴을 찾아야 하지만 문현의 정신은 점점 아득해져만 갔다. 수면과 부딪친 충격, 너무나 많은 부상과 팔을 잘라 버린 고통이 그의 의식을 빼앗아 간 것이다. 쌓여 있던 정신적 충격 역시 한몫하고 있었다.

'여기서 잠들면 안 돼!'

그렇게 생각하며 필사적으로 움직였지만 몸은 물길에 흘러 내려 가기 시작했다. 힘이 빠져 더 이상 움직일 수조차 없었 다.

'여기서 이렇게……!'

결국 문현의 눈이 감기며 의식을 잃었다. 의식을 잃으면 추 격해 오는 살수에게 대응을 할 수 없으니 살아남는다고 해도 죽을 것이 뻔했다. 아니, 그전에 익사할 수도 있었다. 부상이 심했기에 응급처치를 하지 않는다면 필히 죽는다.

'안… 돼!'

문현의 필사적인 정신과는 다르게 몸은 축 처져 버렸다.

*　　　　*　　　　*

문현이 폭포수 밑으로 떨어져 내린 것을 바라보던 살수는 인상을 구기며 경공을 전개하려 했다. 그것을 막은 것은 그의 뒤에 소리 없이 나타난 사내였다. 검은색 일통의 살수들이 그 의 주변을 호위하듯이 서 있다.

살수는 그를 바라보자마자 바닥에 머리를 찧으며 그에게 절을 했다.

"23호, 주군을 뵙습니다."

"보고하라."

"…스스로 팔을 자르고 폭포 밑으로 몸을 날렸습니다. 하나 부상이 심하니 곧 붙잡을 수 있을 것입니다."

23호의 손에 문현의 팔이 들려 있다. 사내는 그것을 바라보며 흥미롭다는 듯 미소를 그렸다.

"제법이로군. 삼류 무인 주제에 아무리 우리가 숭산의 지리에 익숙하지 못하다고는 하나 천라지망을 뚫고 탈출하다니 말이야. 흥미로워."

"빠르게 잡아와 주군 앞에 대령하겠습니다."

23호가 그렇게 말했지만 사내는 고개를 저었다.

"이 밑은 우리 관할이 아니다. 무림맹이 처리할 문제이지. 본 교가 모습을 드러내서는 안 된다."

사내는 23호를 내려다보았다. 아무런 감정이 없는 눈동자였다. 23호는 온몸이 덜덜 떨려왔다. 죽음보다 더한 공포가 그의 몸을 지배하고 있는 것이다. 살수로 키워질 당시 두려움을 버렸건만 이 남자의 앞에만 서면 극심한 두려움이 다시금 모습을 드러냈다.

"백문현, 직접 얼굴을 보고 싶었지만 아쉽게 됐군. 23호, 명예롭게 죽어라."

"존명!"

23호가 눈을 감고 스스로 진기의 모든 흐름을 끊었다. 표적을 눈앞에서 놓친 것은 죽어 마땅한 죄였다. 23호도 그것을 잘 알고 있었다.

그는 아무런 망설임 없이 스스로 사혈을 짚으며 그대로 죽음을 맞이했다. 사내가 등을 돌리며 사라지자 남아 있던 살수들이 죽은 23호의 몸 위에 독을 뿌렸다.

강력한 독에 의해 온몸이 녹아 흔적도 없이 사라지자 그들 역시 모습을 감추었다.

그 누구도 이들이 숭산에 있었음을 알지 못할 것이다.

현문 대사를 팔아넘긴 인간이기를 외면한 자들을 제외한다면 말이다.

제4장
몰락

무림은 비통함으로 물들었다. 무림의 거성 현문 대사의 피살 소식은 온 백도무림을 비통하게 만들었다. 소림방장보다도 존경을 받고 그만큼 영향력을 행사하는 거대한 인물이었다.

권력에 뜻을 두지 않고 오로지 고통받는 중생을 구제하는 일에 일생을 바쳤기에 무림인들은 진정으로 그의 죽음을 애도했다.

현문 대사의 죽음을 기리기 위해 숭산으로 긴 행렬이 생길 정도였다.

무림맹주는 바로 흉수를 지목했는데 그는 바로 백가의 백문현이라는 자였다. 백문현은 현문 대사와의 인연을 발판으로 삼아 그를 암살하고 소림사에 보관되어 있던 사악한 사파의 사술 '사법'을 빼돌려 사파 연맹에 팔아넘겼다.

사파 연맹은 그 대가로 막대한 재물을 그에게 건넸고, 그 정황이 모두 무림맹에 포착된 것이다.

'백문현은 무림의 공적이다!'

'그와 관계된 자들 역시 모두 음모에 가담한 무림 공적이다!'

백도무림의 모든 무림인은 살기를 품었고, 그것을 막아서는 자는 없었다.

사파 연맹이 입장을 발표하기도 전에 무림맹은 사파 연맹을 척살할 것을 선포했고, 마교와 뜻을 같이했다. 사악한 사술인 '사법'은 마교와도 은원이 있었기에 충분히 참가할 명분이 되었고, 이로 인해 백도무림과 마교 간에 사상 처음으로 동맹이 성립되었다.

그야말로 피바다.

권세를 쌓아 뜻을 이루려던 사파 연맹의 모든 것이 피바다가 되어갔다. 마치 정해진 수순처럼 사파 연맹 소속 방파들이 하나둘씩 사라져 갔다.

무림사 최초로 마교와의 평화를 이룬 무림맹주 무신 곽운제는 자비를 베풀어 투항하는 사파의 무리를 정파로 귀의시

컸고, 그들의 가족에 대한 안전을 보장해 주었다.

결국 사파 연맹주 지존마검(至尊魔劍) 사마종이 스스로 무림맹에 항복하자 사태는 일단락되었다.

사파를 굴복시킨 무림맹주의 명성은 나날이 치솟았고, 백도무림의 모든 이가 그를 찬양하길 멈추지 않았다.

천하제일검 무신 곽운제!

지존마검이 무릎을 꿇은 마당에 그를 부정하는 이는 아무도 없었다. 숨겨져 있는 치졸한 음모를 꿰뚫어 보는 자 역시 존재하지 않았다.

*   *   *

"아가씨, 이곳도 틀린 것 같습니다."

"……"

희연은 말이 없었다. 처음 그 소식을 들었을 때 그녀는 혼절하고 말았다. 그리고 정신을 되찾았을 때는 단번에 이 사태의 음모를 알 수 있었다.

안타까운 사실이기는 하지만 그의 오라버니인 백문현은 현문 대사의 일초지적에도 미치지 못했다. 그리고 그가 현문 대사에게 나쁜 감정을 품는다는 것 자체가 말이 안 되었다.

게다가 숭산의 소림이다. 그 누가 소림의 품에서 암살을 저지를 수 있단 말인가. 그것은 화경의 고수라 해도 힘든 일이었다.

이 사건으로 가장 이득을 보는 쪽은 어디일까?

'무림맹! 그리고 마교!'

무림맹주 곽운제는 이미 영웅이 되었고, 마교는 부각되지는 않았지만 분명 어떤 이득을 취하고 있을 것이다.

그리고 그의 오라버니는 분명 죽었을 것이다. 희연은 혼절할 정도로 깊은 슬픔을 느꼈지만 침착하게 행동했다. 마음속으로 차가운 칼을 갈며 그의 오라버니를 죽인 이들에게 복수할 것을 다짐했다.

'몸을 팔아서라도, 아니, 영혼을 팔아서라도 꼭 그리할 것이다.'

희연은 예전과 같이 웃지 않았다. 그녀의 눈에는 오로지 차가운 살기만이 감돌았다.

"아가씨……."

순웅은 밖을 경계하며 희연을 바라보았다. 밖으로 나간 그의 형제들이 최대한 피할 곳을 알아보고 있었다. 갖은 인맥을 동원하여 은신처를 찾고 있었지만 소용없다는 것은 희연도 잘 알고 있었다.

"그들은 제 목을 원하겠지요. 이 사태가 깔끔하게 마무리되기 위해선 백가의 모두가 죽어야 할 테니까 말이에요."

"살아남으셔야 합니다. 억울하게 죽임을 당한 형님을 위해서라도……."

문헌에 대해 자세하게 알고 있는 자들은 모두 죽임을 당하고 있었다. 백가가 위치한 촌락 역시 모조리 불태워져 사라졌다. 백가의 상단과 거래하던 자들 역시 모두 연락이 끊겼다.

희연은 무림맹이 등을 돌릴 사태를 대비해서 사파 쪽에 사람을 매수해 놓았지만 연락이 없는 것을 보니 그들 역시 죽임을 당한 것이 확실했다.

'치졸한 무림맹!'

그녀가 도망치면서 본 것은 치졸한 무림맹의 행태였다. 투항하는 사파의 무인들에게 안전을 보장해 주겠다는 대외적인 말과는 달리 그들의 무공을 폐하고 그들의 가족을 인질로 삼았다.

'지존마검이 무림맹에 자기 발로 걸어간 것은 분명……'

사마종의 아내와 딸도 투항했다고 전해지니 아마 인질로 잡혔을 것이다. 살아남아 후일을 도모하는 것이 올바른 판단이겠지만 희연은 그 마음을 이해할 수 있었다. 희연 역시 문헌이 잡혀 있다고 한다면 똑같이 하였을 것이다.

'이 은신처도 곧 발각될 거야.'

그녀의 가문이 있던 곳과 무척이나 많이 떨어진 곳까지 이동했지만 저들의 정보력은 두려울 정도로 엄청났다. 개방의 거지들과 마교의 정보력이 합쳐지니 천하에 숨을 곳이 단 한 곳도 없는 것처럼 느껴졌다.

밖으로 상황을 보러 나간 사내가 귀환했다. 순웅의 형제이고 문현이 거둔 자들이다. 둘이 나갔지만 하나만 귀환했다. 그것도 끔찍한 중상을 입고서.

"피, 피하셔야… 합니다."

사내는 말과 함께 희연의 바로 앞에서 숨을 거두었다. 눈도 감지 못하고 죽어버린 그의 눈을 희연이 감겨주었다.

희연은 눈물이 뺨을 타고 흘렀지만 슬픈 마음을 빠르게 추스르고 짐을 챙겼다.

"이곳을 벗어나야 해요."

순웅이 고개를 끄덕였다. 희연은 자신의 볼을 두 손으로 치며 슬픈 표정을 지웠다. 그리고 침착하게 할 수 있는 일을 찾기 시작했다.

은신처에서 나온 희연과 순웅은 말을 타고 바로 그곳을 벗어나기 시작했다.

'가능하면 세외로 가는 것이 좋겠지만……'

어떻게든 몸을 의탁할 곳을 찾아 이 피바람이 잠잠해지기를 기다리는 수밖에 없었다.

"저기다!"

"잡아라!"

그때 내공을 담은 목소리가 들려왔다. 희연은 입술을 깨물고 말을 전속력으로 몰았다. 작은 길을 따라 달리는 말의 속도가 점차 느려졌다. 대나무 숲에 이르자 희연과 순웅은 말을 버려야만 했다.

희연은 내력을 일으키며 경공을 전개했다. 순웅 역시 그러했지만 희연의 속도에는 미치지 못했다.

희연의 무공 성취는 그 또래에 비해 상당한 편이었다. 문현이 열등감을 느낄까 봐 감추고 있었지만 문현 역시 희연의 자질이 범상치 않다는 것쯤은 알고 있었을 터이다.

순웅은 희연이 제 속도를 내지 못하자 무언가 결심한 듯 굳은 표정으로 입을 열었다.

"아가씨, 제가 여기서 시선을 끌어보겠습니다."

"안 돼요! 그럴 순 없어요! 순웅 아저씨를 버리고 가란 말인가요?"

"어차피 일찍이 죽었을 목숨입니다."

순웅은 호기롭게 검을 뽑은 다음 봇짐을 희연에게 건네며 웃어 보였다. 희연은 입술을 깨물고 순웅을 바라볼 수밖에 없었다.

"가십시오! 아가씨께서 살아남으셔야만 죽어간 저희 식솔들의 원한을 풀 수 있습니다! 먼저 가신 형님의 원통함을 부디……!"

순웅은 그렇게 말하고는 등을 돌렸다. 희연의 부들부들 떨리는 주먹이 그녀의 심정을 대변해 주고 있다. 희연도 이대로라면 둘 다 무사하지 못할 거라는 걸 알고 있었다. 잔인한 현실이 발목을 잡고 있었지만 이제는 인정해야 했다.

"절대로, 절대로 잊지 않겠어요. 반드시 살아남아 복수를⋯⋯."

희연은 찢어지는 마음을 가라앉히며 전신 내력을 일으켜 경공을 전개했다. 희연의 무공은 소림에 근본을 두고 있어 대단히 현묘한 움직임을 보이고 있지만 그 기세가 날카로워 정도(正道)의 모습에선 벗어나 있었다. 절정 고수라 할 수는 없었지만 일류에 다다른 움직임이다.

대나무를 밟으며 그녀는 빠르게 앞으로 나아갔다.

서걱!

밟은 대나무가 잘려 나가며 희연이 튕기듯 앞으로 떨어져 내렸다. 허리를 비틀며 착지한 희연은 어느새 다가와 있는 자들을 바라보았다.

'복식을 보니⋯ 종남파인가?'

다행인 점은 숫자가 많지 않다는 것이다. 오만한 표정으로 자신을 바라보고 있는 자를 포함하여 총 넷이다.

'아직 추격대가 여기까지는 오지 않은 거야.'

추격대에는 소림의 나한들이 포함되어 있었다. 희연은 소림의 나한들을 결코 만나고 싶지 않았다.

"네년이 무림 공적 백문현의 여동생이로군. 나는 종남파의 태을오검(太乙五劍) 금고진이다. 순순히 무릎을 꿇고 백도무림에 사죄해라."

"사형, 저년의 미색이 제법 뛰어나다고 들었습니다. 천하에 견주어도 손색이 없다는 소문도 있습니다."

금고진은 사제의 말에 비릿한 웃음을 머금었다. 면사로 가리고 있기는 하지만 그녀의 몸매는 충분히 탐할 만했다. 어차피 살려서 데려갈 필요는 없었다. 수급만 들고 가도 막대한 포상을 받을 터였다. 오히려 죽기 전에 남자의 맛을 보여주는 것이 커다란 선물이 아닐까?

금고진의 얼굴에 음욕이 가득해지자 희연은 소름이 돋았다.

저런 것들이 종남파의 일원이라니 도저히 믿기지가 않았다. 그녀가 가지고 있던 백도무림에 대한 자부심이 무너져 내렸다.

'시간을 끌면 안 돼.'

희연은 눈을 빛냈다. 저들이 방심하고 있을 때 최대한 피해를 줘야 했다. 그녀는 순간 전신에 내력을 일으켜 보법을 밟으며 앞으로 달려갔다.

"억!"

맨 끝에 있던 종남파의 제자 하나가 뒤로 퉁겨 나갔다. 가슴을 강하게 때려 그대로 막대한 내상을 입힌 것이다.

"이런 미친년이!"

희연이 펼친 것은 육합권이었다. 본래 소림의 것이었으나 비전이 유출되어 삼류 무사들이 주로 익히는 권법이지만 다수를 상대할 때에는 웬만한 권법보다 훨씬 효과적이었다.

본래는 방어에 치중된 권법이지만 희연은 독자적으로 해석하여 자신에 맞게 개량하였다. 한 문파의 장문인이나 할 법한 일이다. 절정 고수 정도 되는 이들이 보았다면 경악을 금치 못했을 것이다.

스릉!

그제야 정신을 차린 종남파의 제자 둘이 검을 뽑아 희연에게 달려들었다. 그 둘의 검은 하나같이 매서운 기운을 머금고 있었다. 종남파의 구상검법이다.

종남파의 제자들에게 가르치는 기본적인 무공이지만 구파에 속한 종남파답게 상당한 상승의 묘리를 포함하고 있었다.

물론 그것을 전개한 자들은 그런 것 따위는 전혀 모르고 있을 테지만 말이다.

양옆에서 펼쳐 오는 초식을 뒤로 구르며 피해냈다. 뇌려타곤(惱驢墮坤)이지만 희연은 전혀 개의치 않았다.

애초부터 그녀는 무림인이 아니었다. 그저 백문현을 도와

상단을 이끄는 상인이었을 뿐이다.

서럭!

면사가 휘날리며 바닥에 떨어졌다. 끈이 잘리며 면사가 풀어져 떨어진 것이다. 희연의 미모가 드러나자 금고진은 속이 진탕되는 듯한 느낌을 받았다.

천하와 겨룰 만하다는 소문을 들었을 때는 코웃음을 쳤는데 실제로 보니 소문이 전혀 과장되지 않았다.

"상처를 내지 말고 제압해!"

금고진의 미소가 점차 진해졌다. 충분히 맛보고 수급을 취하겠다는 생각은 이미 사라져 버렸다. 일단 제압해서 무공을 빼앗은 다음 오랫동안 가지고 놀아야겠다는 생각뿐이었다.

방금 전에는 방심하여 사제 하나가 당했지만 본격적으로 나선다면 금세 제압할 수 있을 거라 여겼다. 그러나 그것은 오만한 생각이었다.

희연은 그의 말에 바로 적극적으로 공세를 취했다. 담 넘어 몰래 배운 나한보를 육합권에 녹여내자 오히려 종남의 두 제자가 방어를 취해야만 했다.

'일격에……!'

거의 모든 내력을 일으켜 주먹을 뻗었다. 내공심법이 받쳐주지 않았기에 내상을 감수한 공격이다. 아무리 희연이라고 해도 불완전한 나한보에 육합권을 행사하는 것은 무모한 일이었다.

퍼엉!!

방어 초식을 전개하며 검을 들어 막았지만 검이 부러지며 그대로 희연의 주먹이 얼굴에 직격했다. 그 옆에 얼이 빠져 있는 나머지 놈이 보인다.

'실전 경험이 거의 없는 놈들이야!'

희연은 내력이 떨어지기 전에 빠르게 두 주먹을 뻗었다.

"크악!!"

가슴과 낭심에 주먹이 꽂혀 들어가며 그가 입에 거품을 물고 쓰러졌다. 희연은 주먹을 축 늘어뜨리며 거친 숨을 내쉬었다.

금고진은 쓰러진 사제들을 보고 고개를 저었다. 쓸 만해서 데리고 나왔는데 계집애 하나도 제대로 상대하지 못하고 쓰러진 것이다.

'오히려 잘되었군.'

금고진은 그대로 검을 뽑아 빠르게 사제들의 몸에 쑤셔 넣었다.

"크, 크악! 사, 사형! 어, 어째서……!"

"경국지색(傾國之色)이라는 말이 있지 않느냐! 흐흐흐!"

희연은 손수 사제들을 죽인 금고진을 보며 소름이 끼쳤다. 음욕에 눈이 멀어 사람을, 그것도 자신의 사제들을 죽인 것이다. 단지 자신의 몸을 혼자 취하겠다는 이유만으로 말이다.

"…정말 악독하군요."

"말이 곱지 않군. 낭군이 될 사람에게 버릇없이."

"누가 낭군이란 말인가요? 당신 같은 살인마가?"

금고진이 검을 뽑자 희연은 긴장하며 뒤로 물러났다. 금고진의 기세는 진짜배기였다. 요행을 바랄 상대가 아니었다. 조만간 절정에 이를 것으로 보이는 기도를 지니고 있었다. 그의 발달된 태양혈이 그것을 증명하고 있다.

"보아하니 육합권을 익혔군. 그따위 무공이 종남의 구궁신행검법(九宮神行劍法)을 이길 수 있을 것 같은가? 그만 항복한다면 네 몸을 소중히 다뤄주도록 하지."

희연은 이를 악물며 그를 노려보았다. 뒤를 힐끔 보며 도주를 생각했지만 아직 내상이 다스려지지 않아 경공을 전개하긴 힘들었다.

"보면 볼수록 아름답군. 역시 죽이기에는 아까워."

희연은 금고진이 말하는 틈을 노려 육합권을 펼쳤다.

텅!

"꺄악!"

하지만 금고진은 간단히 주먹을 피해내며 내력을 담은 검으로 그녀의 복부를 때렸다. 상처가 나지 않게 검면으로 가격한 것이다. 희연이 쓰러지며 입가에 피를 흘렸다.

금고진의 내력이 침투해 이미 그녀의 속은 뒤틀리고 있었다.

"하악… 크윽!"

"그래, 그런 얼굴을 하란 말이야!"

희연의 고통으로 물든 얼굴이 금고진의 가학성을 부추겼다. 희연은 어떻게든 일어서려 했지만 몸에 힘이 들어가지 않았다.

'저런 자 따위에게……!'

이렇게 치욕을 당하느니 스스로 목숨을 끊는 것이 나았다. 희연이 혀를 깨물려 하자 금고진의 손가락이 그녀의 입안으로 들어왔다. 우악스러운 손길로 그녀의 혀를 잡아챈 금고진이다.

"그렇게 둘 것 같은가?"

금고진은 흥분했고, 희연은 절망에 빠졌다.

희연의 얼굴에 절망이 새겨지는 순간, 금고진은 환희에 차서 희연의 옷을 벗기려 했다.

픽!

"억!"

그때 갑작스럽게 어디선가 날아온 돌멩이가 금고진의 마혈을 때렸다.

기회였다.

금고진의 몸이 굳는 순간 희연은 금고진의 검을 빼앗아 그를 향해 휘둘렀다.

"크아아악!"

희연의 얼굴에 금고진의 피가 튀었다. 검이 금고진의 가슴부터 왼쪽 눈까지 가르며 지나간 것이다.

퍼억!

이어 희연의 주먹이 금고진의 급소를 때리자 금고진이 부들부들 떨다가 축 늘어졌다. 아직 죽지는 않아 마무리를 짓고 싶었지만 그럴 여력이 없었다.

힘이 빠진 희연은 금고진의 검을 지지대 삼아 일어났다.

히이이잉!

그녀가 버리고 온 말이 멀리서 나타나 그녀에게 다가오고 있는데 말의 고삐를 잡고 있는 사내가 있었다. 흐릿해서 잘 보이지는 않지만 푸른 무복을 입고 있다.

'무림맹……!'

희연은 어떻게든 도망가려 했지만 다리가 후들거려 그대로 주저앉았다. 자신에게 다가오는 그를 보면서도 아무것도 할 수 없었다.

"오, 오라버니……!"

희연은 백문현이, 자신의 오라버니가 보고 싶었다.

이렇게 죽게 된다면 볼 수 있을 테지. 그렇게 생각하자 희연의 마음이 편해졌다.

그녀는 죽음을 두려워하지는 않았다. 다만 복수를 할 수 없는 것이 한이 될 뿐이었다.

하늘에서 오라버니를 만난다면 용서를 구하리라고 마음먹었다.

털썩.

희연의 몸이 허무하게 바닥에 쓰러졌다. 그 누구라도 희연의 몸과 목숨을 취할 수 있을 것이다. 분위기에 맞지 않게 시원한 바람에 대나무가 일렁였다.

제5장
죽음보다 슬픈 일

할짝할짝.

문현은 볼에서 느껴지는 감각에 정신이 점차 돌아오기 시작했다.

"으, 으음."

힘겹게 벌어진 입에서 신음이 흘러나왔다. 반쯤 물에 얼굴을 처박고 있어 차가운 물이 입안으로 들어왔다.

"꿀꺽꿀꺽!"

물을 허겁지겁 목구멍으로 넘기던 문현의 눈이 천천히 뜨였다. 흐릿한 시야에 보이는 것은 자신을 내려다보고 있는 늑대였다.

하얀 털과 푸른 눈을 지닌 늑대다. 늑대는 문현의 머리 주변을 몇 번 맴돌다가 다시 한 번 쳐다본 후 숲 속으로 사라졌다. 문현은 그 늑대를 보며 왜인지 현문 대사가 생각났다. 현문 대사가 빨리 일어나라며 엄한 눈초리로 자신을 바라보고 있는 것 같았다.

"크윽!"

문현은 몸을 일으키다가 다시 주저앉았다. 온몸에서 느껴지는 통증은 문현으로서도 쉽게 견딜 수 있는 것이 아니었다. 특히 오른팔에서 느껴지는 통증과 상실감은 무현을 잠시 비참하게 만들었다.

무인의 생명은 이제 끝난 것이다.

무공에 집착하던 예전의 그였다면 한동안 절망감에 사로잡혀 심마에 빠졌을 것이다. 하지만 지금은 더 중요한 일이 있었다. 어서 무림맹에 이 사실을 알려야 했다.

"죽지 않은 것이 용하군."

문현은 출혈이 멈춘 상처들을 바라보았다. 팔의 절단면 역시 출혈이 멈춰 있었다. 아무런 조치 없이 멈출 출혈이 아니었다. 게다가 날붙이에 당하고 이리저리 흙에 구른 것 치고는 상처가 덧나지 않았다.

"숭산의 약수 때문인가?"

소림의 대환단을 만들 때 숭산의 약수로 정화시키는 작업이 있다고 들은 기억이 났다. 그런 약수에 오랫동안 몸을 담그고 있어서 그런 것인지도 몰랐다.

물가에서 기어 나온 문현은 몸을 뒤집으며 숨을 몰아쉬었다.

"하, 하하하."

문현은 힘없이 웃었다. 현문 대사와 희연이 자신의 목숨을 살려준 것 같았다.

그가 어릴 적에 희연이 고집을 부리지 않았다면 그 폭포수도 발견하지 못했을 것이다.

문현은 간신히 한 팔로 나무를 잡고 일어났다. 뼈에 상당한 타격을 받고 내상이 심해 운신하기 힘들었지만 문현은 이를 악물고 절뚝이며 강을 따라 내려가기 시작했다.

'어째서 발각되지 않은 거지?'

동이 트던 때에 폭포수에 떨어져 내렸는지 지금은 노을이 지고 있다. 반나절 동안 자신이 무사한 것에 의문이 들었다. 그 정도의 고수들이라면 한 시진도 안 돼서 자신을 발견했을 것이다.

'운이 좋은 건가, 아니면……'

운이라고 표현할 수밖에 없었다. 현문 대사를 숭산에서 암살할 정도의 자들인데 자신을 놔줄 이유가 없었다. 계속해서

의문이 들었지만 문현은 고개를 젓고는 앞을 향해 이동했다. 내상을 다스릴 겨를도 없이 비명을 지르는 온몸을 붙잡고 걸어가고 있는 것이다.

'조금만 더 가면 민가가 있을 거야.'

희망이 보였다.

숭산 밑은 사람들로 늘 붐볐으니 추격자에 대한 염려는 없을 것이다. 희망이 생기자 없던 기운이 솟아나는 것 같다. 호흡이 턱 밑까지 차오르고 땀이 비 오듯 쏟아져 내렸지만 걸음은 오히려 더 빨라졌다.

후드득!

상처가 다시 터지며 피가 바닥으로 흘러내렸다. 현기증이 엄습해 오며 눈앞이 어두워져 마치 눈뜬장님이 된 것 같았다. 문현은 죽음이 다가오고 있음을 느꼈다. 이 어두운 길 끝에 있는 것은 자신의 죽음일 것이다.

'아직은… 아직은 안 돼!'

손을 뻗어 나무를 더듬으며 앞으로 나아갔다. 몇 번이고 돌에 걸려 넘어졌지만 그래도 멈출 수 없었다. 그렇게 걸음을 멈춘 것인지 아니면 걷고 있는 것인지 구별이 모호해질 때였다.

"아……."

눈앞에 오가는 사람들이 보였다. 성공한 것이다. 그 지옥 같은 곳을 뚫고 나온 것이다. 안도한 그는 나무 기둥에 등을 기댄 채 숨을 헐떡였다. 폐가 찌그러진 것 같은 격통에 시달렸지만 문현은 웃을 수 있었다.

"하하, 하하하!"

사건의 진상을 알릴 수 있을 것이다.

'사건의 진상……'

살수들이 무려 보름이 넘게 숭산에 있었다.

숭산에서 현문 대사를 암살했고, 그 이후에도 자신을 추격하며 꾸준히 숭산에 머물렀다. 처음에는 버티면서 이동하다 보면 소림의 나한들이 그들을 물리칠 줄 알았지만 상황을 보아하니 움직이지 않은 것 같았다.

'그렇다는 건… 내부에 첩자가 있겠군. 그들에게 협조한 첩자가. 아니, 첩자 정도로는 부족해. 스승님께서 소림의 앞마당에서 암살을 당하셨다. 그럼에도……'

소림은 조용했다.

'대체 누가 그 정도의 영향력을 끼칠 수가 있을까? 어떻게 살수들을 숭산에서 날뛰게 놔둘 수 있을까?'

현문 대사는 거대한 흐름이라 했다. 문현은 그 거대한 흐름이 무엇인지 이해할 수 없었다. 문현에게 있어서 소림은 정의 그 자체였다.

'무슨 이유가 있을 것이다. 무림맹에서 나선다면 분명 파헤칠 수 있을 것이야.'

생각을 마친 문현은 나무 기둥에서 등을 떼었다. 사람이 많은 곳으로 가려던 문현은 무림인들이 대규모로 모여 있는 것을 보며 고개를 끄덕였다.

대부분 무림맹의 인물들로 보였기 때문이다. 무림맹이 소림의 사태를 알고 무림인들을 파견한 것이 분명했다. 무언가 단서를 잡았으니 이 정도 규모로 파견 나온 것일 테지.

문현은 그들에게 다가가려 했지만 도저히 다리가 움직이지 않았다. 해냈다는 생각에 모든 힘이 빠져 버린 것이다. 문현은 간신히 길가로 기어와 오가는 상인들을 보며 도움을 청하려 했다. 상인 둘이 잠시 멈춰 서 있었기 때문이다.

"음? 무림맹의 무림인들로 보이는데?"

"흉수가 아직 이곳에 숨어 있다고 하더군. 허어, 참으로 끔찍한 일이지. 검사에 협조하도록 하세."

문현은 벌린 입을 다물고 잠시 그들의 대화에 귀를 기울였다.

"으스스하군. 현문 대사를 암살한 수라마귀(修羅魔鬼) 백문현이 아직 숭산에 있다니 말이야."

"괜찮을 걸세. 화경에 이른 고수라 밝혀지긴 했지만 무림맹의 포위망을 뚫지 못해 숭산에 묶여 있으니 말이야."

"게다가 소림의 나한들도 눈에 불을 켜고 찾고 있다니 조만간 잡히겠지. 에잉, 참으로 사악한 자야. 그깟 비급 때문에 현문 대사님을 무참하게 살해하다니."

문현의 눈동자가 커졌다. 믿을 수 없는 말을 들었기 때문이다. 처음엔 장난인 줄 알았다. 하지만 저들의 표정에는 진심이 담겨 있었다.

'이게 무슨……?'

자신이 무려 화경의 고수라 소문이 나 있다니, 게다가 욕심에 눈이 멀어 자신의 스승을 살해했다니, 이게 무슨 말이 되는 소리인가!

'내가 암살범이라고? 내가 스승님을 죽였다고?'

문현은 극도로 밀려오는 분노를 주체할 수 없었다.

'고의적으로 이런 소문을 냈다.'

문현은 그렇게 생각했다. 분명 그럴 것이다. 현문 대사의 죽음, 그리고 그 범인은 조작되어 있었다.

'무림맹에서? 사파에서?'

무림맹은 천하의 무림인 중 인재들만 모여 있는 곳이다. 얄팍한 수를 써서 사건을 덮는다고 해도 무림맹의 눈을 속일 수는 없었다. 무림맹이 이처럼 적극적으로 움직이는 까닭은 무엇일까?

그럼에도 문현은 무림맹을 믿고 싶었다. 무로써 협을 행하는 자들만 모여 있다고 굳게 믿고 있는 곳이 무림맹이다. 어린 시절 그도 무림맹에 들어가 무림에 이름을 날리고 싶어 하지 않았던가.

'어떻게 해야 하나.'

문현은 어떻게 해야 할지 갈피를 잡을 수가 없었다. 이곳에서 몸을 빼야만 했다. 문현이 길가에서 벗어날 때였다.

"응?"

눈앞에 있던 상인과 눈이 마주쳤다.

'침착해. 내 얼굴은 모를 거야.'

문현은 산에서 부상당한 부상자로 위장하려 했다. 하지만 그의 시도는 무산되었다.

상인은 문현의 얼굴을 보고 표정이 굳어졌다. 그의 용모파기가 이미 전 무림에 널리 퍼져 있었기 때문이다.

"수, 수라마귀다!"

"허, 허억! 수라마귀가 여기 있다!"

상인들은 그렇게 말하며 허겁지겁 무림맹의 무인들이 있는 곳으로 도망쳤다. 그 소리를 들은 무림인들이 문현이 있는 곳으로 단번에 몰려들었다.

문현의 표정이 굳어졌다.

'어떻게 내 얼굴을 그리 단번에……?'

문현의 생각은 오래가지 못했다. 무림인들이 어느새 그의 주변을 포위했기 때문이다. 문현은 간신히 나무를 붙잡으며 일어나 그들을 바라보았다. 그들은 살기를 내뿜으며 금방이라도 문현을 베어버릴 것처럼 검을 치켜들고 있었다.

"무림 공적 수라마귀 백문현!"

"이 악적!"

무림인들이 문현을 보며 외쳤다. 내공이 담긴 목소리에 문현이 몸이 휘청했다.

"무슨 소리요! 나는 결코 그런 짓을 하지 않았소!"

"닥쳐라!"

문현이 필사적으로 외쳤지만 그들은 문현의 말을 들으려 하지 않았다. 원수를 보는 듯한 눈빛이다. 그들 중 한쪽 눈에 커다란 검상이 있는 자가 앞으로 나섰다.

"나는 종남의 금고진이다. 무림 공적 수라마귀 백문현은 무릎을 꿇고 전 백도무림에 사죄해라!"

"내, 내가 아니오! 나는 하지 않았소! 내가 어찌……!"

금고진은 문현을 보며 큰 검상이 있는 왼쪽 눈을 쓰다듬었다. 아직 아물지 않아 딱지가 내려앉아 있는 눈이다.

"네놈의 여동생처럼 가증스럽게 반항하는구나!"

"희연이를……?"

문현의 표정이 눈에 띄게 굳자 금고진은 비릿한 웃음을 머금었다.

"여기 계신 대남궁세가의 소가주께서 친히 악적을 처단하였다. 현문 대사님의 넋을 기리기 위해 그 천한 몸뚱이를 불에 태웠지."

"과연 남궁세가!"

"동자들의 피를 빨아먹는 사술을 익힌 여자였다던데."

문현의 얼굴에 절망이 나타났다. 거의 반쯤 정신이 나간 표정이다. 문현은 금고진이 가리킨 청색 무복을 입고 있는 남궁세가의 소가주를 노려보았다.

남궁세가 소가주 남궁휘.

남궁휘는 굉장한 미남이었지만 표정이 없어 무척이나 냉정하게 보였다. 문현은 피도 눈물도 없을 것 같은 그를 보며 분노했다.

"네, 네놈이… 네놈이 희연이를……! 죽여 버리겠다! 으아아아악!!"

남궁휘는 발광하기 시작한 문현을 바라보다가 시선을 돌렸다. 문현은 자신 따위는 상대할 가치가 없다고 여기는 것 같아 더욱 분개했다.

희연이 죽었다.

희연이가 죽은 것이다. 저 빌어먹을 놈이 희연을 불에 태워 죽였다.

"네놈만은… 네놈만은 죽여 버리겠어!!"

후들거리는 발을 움직여 남궁휘에게 달려들었다.

쑤욱!

문현을 막은 것은 금고진이었다. 금고진이 문현의 허벅지에 검을 쑤셔 넣었다. 문현이 그 자리에 굳은 듯 그렇게 서 있자 금고진의 주먹이 문현의 가슴을 때렸다.

"커억!"

문현이 뒤로 크게 나자빠지며 그대로 바닥을 굴렀다. 입에서 흘러나온 피가 바닥을 적시고 있다. 금고진이 남궁휘를 바라보며 비굴한 웃음을 그렸다.

문현은 시야가 어두워져 가는 와중에도 금고진과 남궁휘를 노려보았다. 살기 어린 눈에서는 피눈물이 뚝뚝 떨어져 내리고 있다.

"나 태을오검 금고진이 무림 공적 수라마귀 백문현을 제압했다!"

"과연 태을오검!"

"와아아아!"

환호 소리가 사방을 둘러쌌다. 문현은 부들부들 떨리는 손으로 바닥의 모래를 꽉 쥐었다.

"으아아아아아아!!"

그저 모든 분노와 원망을 담아 소리치는 수밖에 없었다. 문현의 목소리에는 오로지 죽이고 싶다는 살기만이 가득했다.

흠칫!

무림인들이 그런 문현의 모습을 보며 몸을 흠칫 떨었다. 저

절로 오한이 스미는 모습이었기 때문이다.

"기억해 두마! 쿨럭! 내가 죽어서… 구천을 떠돌아다닐지라도 결코 용서하지 않을 것이다!"

금고진이 문현의 수혈을 짚었다. 문현의 몸이 축 처지는 순간 무림인들은 다시 환호성을 내질렀다.

오랜 평화를 깬 무림 공적의 등장은 그들의 마음을 하나로 뭉치게 했고, 무림사(武林史)에 남을 일을 같이 행했다는 것에서 자부심을 느끼고 있는 것이다.

거의 송장과도 같은 문현을 내려다보던 남궁휘만이 아무도 모르게 작게 묵념할 뿐이었다.

제6장
사법

어릴 적의 꿈을 꾼 것 같았다.

산을 이리저리 뛰어다니며 즐겁게 놀던, 아무것도 모르던 그 시절의 꿈.

너무나 그리운 광경에 영원히 그 자리에 있고 싶었다.

"으, 윽!"

극심한 고통에 눈이 떠졌다.

'내가 죽은 것인가?'

어두워 잘 보이지 않았다. 멀리 보이는 횃불만이 그 어두운 공간을 밝혀주고 있다.

문현은 고통을 참아내며 몸을 일으켰다.

차르륵!

그의 양발에 쇳덩이가 붙어 있다. 불로 지져 붙인 모양이다. 뿐만 아니라 스스로의 힘으로는 일어설 수 없게 힘줄이 끊겨 있었다. 핏물이 뚝뚝 흘러나왔지만 문현은 그 고통보다 자신이 살아 있다는 것이 더욱 절망스러웠다.

"하, 하하하……."

단전 역시 파괴되어 힘이라곤 한 올도 없었다. 그는 자신의 참담한 모습에 실소를 내뱉었다. 문현은 하나 남은 팔을 올려 다보았다. 날카로운 긴 쇠가 손목에 박혀 있고 그 쇠는 쇠사슬로 벽에 단단히 고정되어 있다. 문현이 집중해서 주위를 둘러보자 이곳이 감옥 같은 곳임을 알 수 있었다.

바로 앞에 있는 쇠창살이 그것을 실감케 했다.

"크윽!!"

문현은 희연의 죽음을 생각하자 절로 눈물이 흘러내렸다. 온몸이 극심한 분노에 부들부들 떨려 결국 혼절하고 말았다.

문현은 그렇게 한동안 깼다 기절했다를 반복했다. 받아들일 수 없는 현실에 스스로 도피하고 있는 것이다. 하지만 얼마 가지 않아 모두 소용없는 짓임을 깨달았다.

아무것도 달라지지 않았다. 아무것도…….

문현은 비통한 심정을 감추지 못하고 날뛰었다. 쇠사슬이 당겨질 때마다 피가 튀었지만 개의치 않았다. 오히려 고통이 그의 정신을 붙잡아주었다.

소리를 지르며 날뛰다가 그는 털썩 주저앉았다. 단전이 강제로 파괴되어 그는 보통 사람보다 훨씬 약해져 있었다.

그가 숨을 헐떡이는데 옆에서 인기척이 느껴졌다. 정확히 말하면 옆에 있는 쇠창살 너머에 누군가 있는 것 같았다.

"정신을 차렸는가? 아주 미쳐 날뛰는군. 잠을 청할 수가 있어야지."

"당신은⋯⋯?"

"우리 구면이지 않은가."

은은한 횃불 사이로 드러난 얼굴은 문현이 한 번 본 적 있는 이였다.

"지존마검 사마종⋯⋯."

"기억하는군."

그의 상태 역시 상당히 좋지 않았다.

두 다리가 잘려 있고 문현과 똑같이 한쪽 팔이 사라지고 없었다. 기이한 빛을 머금은 쇠사슬로 전신이 포박되어 간신히 팔만 움직일 수 있는 정도였다.

지독한 고문을 당했는지 그의 한쪽 눈이 있어야 할 자리는 휑하니 비어 있고 귀마저 잘려 나가고 없었다. 얼굴도 알아볼 수 없이 일그러져 있었지만 문현은 그가 사마종임을 알 수 있었다.

여유로운 분위기, 가히 절대자라 불릴 만한 강인한 기도.

이런 상황에서도 그는 그런 기세를 풍기고 있었다.

"이것도 알 수 없는 인연이로군."

사마종을 보게 되자 문현의 눈에 살기가 감돌았다.

"당신이… 사파가 스승님을 죽였나?"

"내 꼴을 보고도 그런 소리가 나오는가? 변했군. 분노에 사로잡혀 사리 분별을 제대로 할 줄 모르다니 말이야. 자네 스승이 본다면……."

"입 닥쳐!"

문현이 사마종을 향해 소리쳤다. 사마종은 그런 문현의 태도에도 아무렇지 않다는 듯 웃어 보였다.

"현문 대사의 죽음에 애도를 표하는 바이네. 그는 좋은 선배였네."

"……."

"이제 그만 현실도피를 관두고 돌아오게나."

"그게 무슨 소용이 있을까."

사마종의 말에 문현이 대답했다. 아무 소용없었다. 결국 아무것도 해보지 못하고 억울하게 이렇게 죽는 것이다. 현문 대사의 죽음, 희연의 죽음, 그리고 자신이 쓴 억울한 누명, 그 무엇 하나 해결할 수 없었다. 이곳에서 운 좋게 나간다고 해도 굶어 죽지 않으면 다행이었다. 일어설 수조차 없는 몸을 지니고 무엇을 한단 말인가.

"적어도 죽음 앞에 의연한 모습은 보여줘야 하지 않겠나."

"정파 같은 말을 하는군. 사파의 우두머리가 말이야."

사마종의 말에 문현은 그를 비웃었다.

"무엇이 선악을 결정하는지 아는가? 정파의 무공? 사파의 무공? 소림의 불경? 자네가 본 광경은 어떠했지?"

문현은 대답할 수 없었다. 백도무림의 인물이 희연을 희롱하여 죽였다. 그의 식솔 역시 모조리 죽였을 것이다.

정확한 내막은 모르지만 무림맹과 소림 역시 그 일에 가담했을 것이다. 그렇지 않고서야 이런 결과가 있을 수 없었다. 사마종이 자신의 옆에 저런 몰골로 있을 수 없었다.

"모든 것은 쓰기 나름이야. 신선의 지팡이로 죄 없는 사람을 죽일 수도 있고, 망나니의 칼로 사람을 구할 수도 있네. 정파와 사파의 구분은 그저 전통과 이기적인 가치관이 낳은 차별에 불과하네."

"꽤나 깨어 있는 생각이로군."

"하하, 이제 나와 대화할 여유가 생긴 모양이군."

"그래서 시시한 잡담이라도 하자는 건가?"

문현의 말에 사마종이 문현을 바라보았다. 그의 눈빛은 깊고 맑았다. 마치 현문 대사의 모습을 보는 것 같았다. 그가 처음 그를 보았을 때의 그런 압도적인 기운은 없었지만 그보다 더 깊은 무언가가 느껴졌다.

"자네와 만난 그날, 현문 선배와 만났지. 천기를 읽었는지 앞으로 닥쳐올 거대한 흐름을 피해 도망가라고 했네."

"스승님께서……?"

"하나 나는 맞섰지. 내가 이룩한 절대적인 무공이 있다면 그깟 무림맹쯤은 별것 아니라고 생각했네. 오만했지. 결국 가족 하나 지키지 못하고 이 모양 이 꼴이 되었네."

"가족은 어떻게 되었지?"

"……"

잠시 침묵한 사마종이 다시 말을 잇기 시작했다.

"내 부인과 딸은… 무림맹에 잡혀 있겠지. 무림맹주 놈이 내가 항복하면 목숨은 거두지 않겠다고 약조하긴 했지만… 그는 간사하고 사악한 자라네."

"무림맹……!"

"무림맹뿐만 아니라 마교 역시 관련되어 있네."

문현의 눈에 다시금 살기가 떠올랐다.

사마종은 그것을 보며 자신이 알고 있는 모든 것을 말하기 시작했다.

무림맹이 마교와 손을 잡은 내막에 대해서. 그들은 명분을 세우기 위해 문현과 현문 대사를 이용했다. 사파 연맹이 사술의 정수가 쓰여 있다는 비급을 탐해 문헌을 매수하여 현문 대사를 암살하고 비급을 빼돌렸다고 누명을 씌운 것이다.

현문 대사를 암살한 것은 마교의 살수들이었다. 그리고 그것을 방관한 것은 소림, 구파일방을 등에 업은 무림맹이었다. 문헌의 여동생을 죽인 것은 오대세가 중에서 천하제일세가라 불리는 남궁세가였다.

무림의 모두가 단지 사파 연맹을 없애기 위해, 그리고 사파 연맹이 가지고 있는 이권을 취하기 위해 이런 짓을 벌인 것이다.

"어떤가?"

"……"

죽이고 싶었다. 모두 사지를 자르고 눈을 뽑아 고통스럽게 죽여 버리고 싶었다. 문헌의 극심한 분노가 일으킨 살기는 사마종마저 섬뜩하게 만들었다.

"복수를 하고 싶지 않은가?"

"…어떻게 복수를 한단 말이지?"

문헌은 사마종의 말이 이해되지 않았다. 자신도 그렇지만 사마종은 더 심한 몰골이다. 분명 삼류 무인조차 이겨낼 수 없을 것이다.

이런 상황에서 태연하게 복수라는 단어를 입에 담는 사마종이 무헌으로서는 이해가 되지 않았다.

"모든 것을 버릴 수 있겠는가?"

"모든 것?"

"자네의 그 정신, 영혼, 사상 모두 다."

사마종의 한쪽만 남은 눈이 무현의 눈과 마주쳤다.

문현은 서늘한 한기를 느꼈다. 멀리 떨어져 있는 횃불이 작게 일렁였다.

"복수를 할 수만 있다면……."

문현은 복수를 할 수 있다면 모든 것을 버릴 수 있었다.

다음 생에 가축으로 태어나라면 태어날 수 있고 지옥에 떨어지라면 웃으면서 떨어질 것이다.

"그놈들을 찢어 죽일 수 있다면… 나는 기꺼이 모든 것을 버릴 수 있다!"

"좋군. 과거에 만났다면 내 제자로 거두고 싶을 정도야."

사마종의 일그러진 얼굴에 미소가 떠올랐다. 그 모습은 과거 이름을 날린 사파 연맹주 지존마검의 본모습이었다.

"이것을 받아들인다면 자네는 인세에 다시없을 악귀가 될 것이네. 웃으며 사람의 살과 피를 씹어 먹고 인간을 벌레처럼 찢어 죽이는 그런 악귀가 말이지."

사마종의 말에 문현의 눈동자가 커졌다. 사마종은 그런 문현을 바라보며 스산한 웃음을 내뱉었다.

"그래, 모든 것을 거스르는 역천일세."

"역천……!"

그 단어가 문현의 귓가에 맴돌았다. 그 단어가 내포한 힘이 문현의 힘없는 주먹을 불끈 쥐게 만들었다.

       *   *   *

사마종과 문현이 있는 곳은 무림맹의 지하 감옥이었다.

지하 감옥의 존재를 아는 자는 무림맹주를 포함한 구파일방의 수뇌부뿐이었다.

무림맹주는 무림의 평화를 어지럽히는 자들에게는 죽음보다 더한 고통을 줄 것이라고 천명했다.

본보기로 사마종과 백문현을 이 아무것도 없는 감옥에 처참한 몰골로 가둬놓은 것이다. 적당한 공포는 지배 체계를 굳히는 데 상당한 도움이 될 것이 분명했다.

이 일에 대해 의심하는 자들의 목소리가 쏙 들어간 것을 보면 그것을 알 수 있었다.

사마종이 백문현에게 권한 것은 그야말로 역천의 사술이었다. 백문현은 사술이라는 말에 잠시 눈동자가 흔들렸지만 복수심을 결코 떨쳐 버릴 수 없었다. 사마종은 그런 백문현을 보며 낮게 웃었다.

사마종이 본 백문현은 굉장히 올곧고 정신력이 강인한 자였다. 무에 소질이 있었다면 충분히 화경의 경지에 오르고도 남을 자였다.

사마종은 무척이나 안타까웠다. 이런 자를 일찍이 만났다면 충분히 그 뜻을 펼칠 수 있었을 것이다.

"후회는 없는가?"

사마종이 백문현에게 물었다. 분명 예의상 물어보는 말이다. 이런 상황에서도 사마종은 이런 허례허식을 중요시 여겼다.

"정말 그것이 가능한가?"

"시도해 본 적은 없네. 하지만 분명 존재하는 사술이지."

"그렇다면 지금 당장……!"

사마종은 고개를 저었다.

사마종이 말한 것은 상식적으로 이해가 되지 않는 사술이다. 인간의 몸을 벗어나 시체를 근간으로 한 사악한 힘을 지닌 악귀가 되는 것이다.

강시와는 다른 종류였다. 원한이 깊을수록 사악해지고 잔인해지며 엄청난 힘을 지니게 되는 그런 괴물을 만드는 사술이었다.

'한이 많은 이자라면… 충분히 가능성이 있을 거야.'

사악한 정신이 깃들어 그야말로 사람을 잡아먹는 괴물이 될 것이다.

사마종 역시 시도해 본 적은 없었다. 사파 연맹의 수장인 그조차도 감당하기 힘들 정도로 그 내용은 사악했다. 그랬기에 오랫동안 봉인되어 누구도 익히지 않은 채로 전해져 내려오고 있었다.

'이것이 내가 할 수 있는 최대의 복수다.'

소림이 가지고 있는 사술의 모든 정수가 적혀 있는 비급은 그저 눈속임용의 가짜였고 진본은 사마종에게 있었다. 이미 모두 외운 후 폐기한 상태였고, 이해되지 않는 구절만 피부 가죽 밑에 써놓아 숨기고 있었다.

사마종은 이 비술이 얼마나 강력한 것인지는 알 수 없었다. 다만 적어도 무림맹에 막대한 타격은 줄 수 있을 것이라 생각했다.

"자네는 사법을 이어받아야 하네. 그래야 비술을 행했을 때 더욱 강한 악귀가 될 수 있을 게야."

"사법?"

"그것은 사마외도가 추구하는 사술의 정수, 모든 사악한 것의 집대성이라네."

백문현이 마른침을 삼켰다. 사마종은 백문현이 이것을 거부할 수 없음을 잘 알고 있었다.

누구보다도 정파의 가치관이 확실한 백문현이지만 그가 지닌 원한이 너무나 크기 때문이다.

백문현이 망설임 없이 고개를 끄덕이자 사마종은 깊은 숨을 내쉬었다.

"우리에게는 시간이 많네. 무림맹주는 아직까지 우리를 죽일 생각이 없어 보이니 말일세."

삼 일에 한 번씩 무림맹의 무사들이 바닥에 거지나 먹을 법한 음식을 던져 주고 갔다.

무림맹주는 사마종과 백문현을 그야말로 고통 속에서 말려죽일 생각이 분명했다.

"얼마나 걸릴지 모르는 일일세. 비술을 준비하는 것에도 상당한 시간이 걸리겠지."

"버티는 것은 내가 제일 잘하는 일이지."

"좋군, 좋아."

백문현의 눈에서 독기가 뚝뚝 흘러나왔다. 그가 흘리고 있는 피눈물의 색깔은 너무나도 붉었다.

사마종은 흡족하게 웃으며 그를 바라보았다. 문현은 인정하지 않겠으나 사마종은 지금부터 문현을 자신의 제자로 받아들였다.

문현이 가진 바 재능이 미천하여 자신의 무학을 이어받지는 못하겠으나 모든 것을 알려줄 생각이었다.

"내가 알려주는 구결을 기억하거라."

사마종은 차분하게 그가 알고 있는 구결을 읊기 시작했다.

백문현이 이해를 하든 못 하든 상관없었다. 어차피 악귀가 된다면 이해할 수 있을 테니 말이다.

'무림맹, 아니, 근본을 잊은 무림의 모든 곳에 피바람이 불었으면 좋겠군.'

반드시 그렇게 만들 것이다.

사마종은 분노를 숨기면서 차분하게 구결을 읊어나갔다.

                    *   *   *

며칠이 지났는지 모른다. 시간마저 잊은 채 문현은 사마종이 알려주는 구결에 몰두했다.

구결에 몰두할수록 이성은 사라지고 본능만이 남는 듯한 감각에 휩싸였다. 모든 것을 다 없애고 싶은 분노가 그를 끊임없이 괴롭혔다.

그렇게 얼마가 지났을까? 타오르던 횃불도 사라지고 이제는 음식조차 주지 않았다. 밖에서 안으로 통하는 문을 완전히 봉인해 버린 지 오래였다.

보름째 아무것도 먹지 못한 문현과 사마종은 나날이 말라갔다. 해골이 가죽을 뒤집어쓴 것처럼 보일 지경이다.

사마종은 의연했고, 문현은 악으로 버텼다.

"방금 그것으로 마지막이다."

그런 분노와 고통 속에서 문현은 구결을 전부 암기할 수 있었다. 워낙 그 길이가 방대하고 뜻이 모호해 문현으로서는 제대로 이해할 수 없었다.

하지만 모두 암기한 순간부터 괴상하게도 머릿속에 각인되듯 여러 가지 생각이 떠올랐다.

'전부 완벽하게 암기해야 그 뜻을 알아갈 수 있는 것이로군.'

모호한 내용은 점차 뚜렷해졌고, 그럴수록 억누르고 있던 살기가 치솟음을 느꼈다. 단번에 주화입마에 빠질 만큼 주체할 수 없는 살기였다.

온몸이 엉망인 지금에 이르러서야 주화입마 따위는 별 장애가 되지 않았다. 오히려 망가지는 고통이 배고픔을 잊게 해주는 약이 되었다.

'사법, 사술을 알게 되어서 그런 것인가?'

주화입마는 분명 정신을 혼탁하게 하고 육체를 망가뜨린다.

문현은 주화입마는 스스로 불러오는 것임을 명확히 이해했다. 자신도 모르게 스스로 억누른 욕구를 제대로 알지 못하기에 육체와 정신을 망치는 것임을 깨달았다.

그렇기에 높은 경지에 이른 자들은 더 많은 시간을 투자하여 스스로를 관조하는 것이다.

문현이 그렇게 깨닫자 주화입마는 사라지고 오히려 그 속에 섞여 같이 맹렬히 타오를 수 있었다.

현문 대사의 얼굴이 스쳐 지나갔다. 현문 대사는 늘 그렇듯 자리에 앉아 문현에게 알 수 없는 말을 해주었다.

그것이 생각나자 살기는 잠잠해지고 마음이 평온해지기 시작했지만 문현은 고개를 돌리며 거부했다.

'옳고 그름, 그것이 중요한가? 무엇이 선이고 악인가. 소중한 이에 대한 복수를 포기하는 것이 선이라면 나는 기꺼이 악을 택할 것이다.'

속세에 악이 판친다면 더 큰 악으로 누르면 될 일이다. 질서 잡힌 악은 선과 구분할 수 없다. 그것이야말로 사파의 정의였다.

문현은 사파를 싫어하지만 그 뜻에서만큼은 동의해야만 했다. 이미 그것이 문현을 지탱하는 근간이 되었으니 말이다.

"기다리거라."

사마종은 그렇게 말한 후 조용히 눈을 감았다. 그의 호흡이 느려지며 알 수 없는 기세가 흘러나왔다. 그렇게 꼬박 하루가 지나서야 사마종은 눈을 떴다.

그의 눈에는 죽음이 드리워져 있었다.

그것은 문현 역시 마찬가지였다. 이제는 단 하루도 버틸 수 없을 정도로 몸이 쇠약해진 것이다.

그의 얼굴은 환갑에 이른 듯 늙어 있고 머리카락마저 모두 빠져 버렸다. 참으로 흉측한 몰골이었다.

"마지막이로군."

"그렇군요."

구결을 암기한 후 처음으로 하는 대화이다. 문현은 그에게 존대를 했다.

"내가 물려줄 것이 없는 것을 서운해하지 마라. 그놈들 손에 들어갔겠지."

"당신을 사부로 인정한 것은 아닙니다."

"그렇겠지. 현문 선배의 제자이면서 나의 뒤를 이을 수는 없으니 말이야."

사마종은 홀가분하다는 듯 웃었다. 사마종은 문현을 바라보다가 현문 대사를 떠올렸다.

앞날을 걱정하는 늙은이로만 알고 있었는데 현문 대사는 지금 생각해 보니 무림에 스며든 병마를 알고 걱정하는 현자였다.

그런 현문 대사의 안배가 백문현이라면 사마종은 기꺼이 모든 것을 알려줄 수 있었다. 비록 그것이 소용없다고 해도 말이다.

"악천산에 내 모든 것이 있다. 악귀가 된다면 제대로 된 이성을 지닐 수 없겠지만… 그래도 기억하거라."

문현은 고개를 끄덕였다. 그는 각오를 다졌다. 악귀가 되어서 처참한 최후를 맞이한다 해도 기꺼이 웃으며 그리할 수 있었다.

"비술을 실행하겠다. 구결을 외우거라."

문현이 눈을 감고 사법의 구결을 외우기 시작하자 사마종의 몸에서 어두운 기운이 치솟기 시작했다.

그것은 마공의 기운과는 다른 것이었다. 더욱 무겁고 깊었으며 그 이면을 알 수 없을 정도로 검었다.

막대한 양이었다.

내공을 잃은 무인이라고는 생각할 수 없을 정도였다. 내공은 사라졌어도 그 기운은 선천지기, 그리고 모든 혈맥 속에 파고들어 그렇게 보존되어 있었던 것이다.

검은 기운, 그야말로 사기(邪氣)가 감옥의 모든 공간을 메우기 시작했다.

콰득! 펑! 펑!

사마종의 피부가 부풀어 오르며 터져 나갔다. 모든 피부가 터져 나가고 근육과 뼈가 녹아내리기 시작했다.

사마종의 육체를 녹이고 나서 더욱 짙어진 사기가 문현에게 빨려들듯 흡수되었다.

문현의 전신을 녹이며 단번에 죽음에 이르게 했지만 무아지경에 빠진 문현은 눈치채지 못했다. 다만 무언가의 속박에서 자유로워졌음을 깨달았다.

그러자 고통이 밀려왔다. 그것은 육체의 고통이 아니었다. 정신이 파괴되는 것 같은, 그의 혼이 잘려 나가는 것 같은 그런 고통이었다.

문현은 비명을 지르고 싶었다. 하지만 그의 육체는 이미 존재하지 않았다. 그의 혼은 막대한 사기에 사로잡혀 감옥을 헤맬 뿐이었다.

사기와 합쳐진 문현의 혼이 점점 치솟아 오르기 시작했다. 감옥은 이제 아무런 장애가 되지 않았다.

검은 기운이 구름을 형성하며 감옥의 벽을 통과해 하늘로 오르고 있었다.

죽여라.

찢어 죽여라.

그런 말이 문현을 사로잡았다.

문현의 원망과 한이 터져 나가며 사기를 더욱 검게 물들였다. 반드시 죽여 버릴 것이다. 반드시 찢어 죽일 것이다. 문현은 그것밖에 생각할 수 없었다.

사악한 사기는 악귀가 될 그릇인 시체를 찾아 무림맹의 건물 중 하나인 의룡전(醫龍殿)을 향했다.

밤하늘을 물들이는 사기는 너무나 끔찍한 악귀의 모습을 그대로 보여주었다. 이것이 시체에 깃든다면 그야말로 산 자를 잡아먹고 원한에 의해 움직이는 악귀가 될 것이다.

의룡전 안은 이미 악귀들이 판을 치는 듯했다. 지금도 여기 저기 흩어진 사파의 무림인들이 무림맹에 대항하여 싸우고 있었다. 그 결과 호기롭게 나선 백도무림의 무림인들이 의룡전에서 죽어갔다.

무림맹주는 백도무림의 젊은 인재들이 죽어나가는 것을 비통해하며 의룡전을 모두 개방해 주었다. 덕분에 무림맹주의 명성은 더더욱 높아지고 있었다.

"으윽, 으으윽!"

"크윽, 큭!"

곧 죽을 자들이 신음을 흘리며 그렇게 누워 있었다.

이미 죽은 자들이 내뿜는 사기가 쉴 새 없이 빨려 들어왔고, 그들이 내뿜고 있는 원망과 절망이 사기에 섞여 들었다.

사기는 그 몸집이 점점 커져갔다. 이제는 그 누구도 감당할 수 없는 커다란 기운이 되어 의룡전의 하늘을 검게 물들이고 있었다.

모두가 죽을 것이다. 그들이 모두 죽어 그에게 악귀의 육체를 부여해 줄 것이다. 사기는 기다리기 시작했다. 악귀로 재탄생되는 순간을 말이다.

'갈!'

사기가 일순간 흔들렸다. 어디에선가 들려온 목소리가 백문현의 혼탁한 정신을 일깨웠다.

그가 정신을 차리기 시작하자 사악한 사기는 끊임없이 그를 나락으로 이끌었다. 혼이 깨져 나가는 듯한 고통 속에서 그를 유혹했다.

백문현은 고통 속에서 비명을 지르면서도 정신을 붙잡으려 노력했다.

'스승님……'

자신이 살아 있는 것인지 죽은 것인지 경계가 모호해졌다.

하지만 이내 알 수 있었다. 자신은 죽었을 것이다. 그렇지 않고서야 그의 스승이 저렇게 가부좌를 틀고 자신을 바라보고 있을 리 없었다.

현문 대사는 엄한 표정으로 그를 향해 호통치고 있었다. 백문현에게는 현문 대사의 목소리가 들리지 않았지만 왠지 느낄 수 있었다.

'악귀가 되어서라도 복수를 하는 것이 잘못된 것입니까!'

백문현은 현문 대사를 향해 외쳤다.

'스승님의 죽음, 희연이의 죽음, 그것을 모두 잊으란 말씀이십니까!'

현문 대사는 화가 난 표정으로 그를 노려보았다.

그 표정은 백문현이 무의 자질이 없음을 알고 좌절했을 때, 자신을 하찮다고 여기며 소홀히 다루었을 때의 표정이었다.

그 꾸짖음을 문현은 분명히 기억하고 있었다.

그때 현문 대사가 그랬다.

'우리가 천하다고 여기는 미물도 자신을 하찮게 여기지 않는다. 존재하는 모든 것에는 이유가 있다. 우주의 끝없음과 자연의 광활함처럼 인간은 스스로 위대해질 수 있는 것이다. 문현아, 자신을 잊고 스스로를 나락으로 떨어뜨린다면 그것이야말로 구제받을 수 없는 대죄이다.'

'스승님······.'

'죄를 짓는 건 사람과 사람이다. 그것은 타인이 용서한다면 용서받을 수 있다. 하나 자신에게 죄를 짓는다면 누구에게 용서를 구하겠느냐. 그렇기에 너는 당당해야 한다. 스스로가 못났음을 용서할 수 있도록 말이다.'

무엇이든 자신으로부터 시작한다. 그 어떤 일이든 자신을 바로 세워야 할 수 있다.

현문 대사는 문현에게 그것을 늘 일러주었다. 그것이 작은 일이든 대업이든 복수든 상관없었다. 자신을 바로 세워야 올바르게 일을 완수할 수 있다는 것이다.

'기억하거라. 불경을 읽어 행한다는 것은 결코 위대한 일이 아니다. 타인을 구하는 것은 스스로를 구하기 위함이다. 그렇기에······.'

현문 대사가 일러준 구결이 점차 떠오르기 시작했다.

현문 대사는 일반적인 말에 소림의 현묘함을 섞었다. 그렇기에 문현은 이해할 수 없었다.

현문 대사가 알고 있는 무학의 깨달음은 자질이 떨어져 육체의 구속을 받는 문현이 결코 알아들을 수 없었다. 하나 지금은 달랐다.

지금의 문현은 누구보다도 자유로웠다.

'대승반야선공(大乘般若禪功)은 자신을 관조하는 법을 가르친다.'

'백보신권(百步神拳)은 부동심으로부터 시작한다. 스스로 움직이지 않아야 그 끝을 볼 수 있다. 백 보 밖의 유혹을 능히 쳐부술 수 있을 것이다.'

'대나이신법(大那移身法)은 유혹에서 자유로워야 한다. 마음이 가는 대로 몸이 움직이기 때문이다.'

현문 대사는 소림의 눈을 피해 문현에게 모든 것을 전수해주었다.

문현이 어릴 적에 건넨 사소한 말부터 시작하여 그의 인생 전반에 걸쳐 그가 이해할 수는 없었지만 현문 대사는 문현의 추억 속에 모든 것을 집어넣은 것이다.

문현은 현문 대사를 스승이라 불렀지만 소림은 그를 인정하지 않아 소림의 절기를 결코 가르칠 수 없었다.

문현을 끔찍이 아끼던 현문 대사는 스스로 업을 짊어지고 소림의 법도를 어겼다.

'스승님…….'

문현은 그것을 깨닫게 되자 복수심 대신 슬픔이 밀려왔다.

그의 혼 주위에 넘실거리던 사기는 상황이 불리해짐을 깨닫고 점차 뭉쳐 작은 구슬이 되어 문현의 혼에 박혀 들어갔다.

문현의 혼에서 현기가 떠오르자 정화당하지 않기 위해 스스로를 문현의 혼에 봉인한 것이다.

문현의 정신이 맑아지자 문현은 사법의 모든 것을 이해할 수 있었다. 현문 대사의 말과 상충되며 그를 점차 성숙하게 만들고 있었다.

'나는 죽은 것이로구나. 비술은 실패로군.'

악귀가 되지 못했다. 문현이 스스로를 버리지 못했기 때문이다. 이대로 사라질 테지만 문현을 버티게 한 것은 남아 있는 복수심이었다.

'저는 절대 용서할 수 없습니다. 연관된 모든 자들을 처절하게 죽이는 그날까지…….'

현문 대사는 그런 문현을 보며 고개를 두 번 저었다. 그러고는 자리에서 일어나더니 손을 흔들었다.

문현은 그것을 보자마자 의식이 흐려졌다. 무언가 자신을 잡아 내리는 것 같았다. 그런 느낌이 드는 순간 완전히 정신을 잃었다.

스르륵!

문현의 혼이 아래로 떨어져 내리기 시작했다.

신음을 흘리고 있는 환자들 사이를 지나 죽은 듯이 누워 있는 미청년에게까지 이르렀다. 약관이 되지 않아 보이는 소년티를 막 벗은 청년이다.

청년의 혼은 이미 떠나고 없다. 이제 곧 그 목숨이 다할 것이다.

문현의 혼은 빈자리를 찾아가듯 그렇게 청년의 코 안으로 들어갔다.

부르르르!

청년의 몸이 부르르 떨렸다. 열려 있는 입에서 입김이 새어 나왔다.

"스… 스승님, 희… 연아."

너무나 건조해서 칼칼해진 목소리가 흘러나왔다. 그 순간 그의 몸이 축 늘어지며 깊은 수마에 빠져들었다.

제7장
단진천

　단문세가는 과거 꽤 명성을 날리던 세가 중 하나이다. 패도
적인 검법으로 유명했지만 연이은 남자들의 죽음으로 몰락의
길을 걷게 되었다. 오래전 가문의 무공이 대부분 실전되었기
에 지금에 이르러서는 무공보다는 상단으로서 명맥을 이어가
고 있었다.

　몰락한 가문치고는 제법 부유했지만 그저 제남의 중소 세
가 정도로 인식되고 있었다.

　"무림맹에서 연락이 왔다고 들었다. 네 오라비는… 아직도
누워 있는 게냐?"

"예, 어머니."

"후, 못난 놈. 어찌……"

소녀가 침울한 표정으로 말하자 소녀의 앞에 있는 중년의 여인은 눈물을 감추지 못했다. 아직 어린 소녀임에도 불구하고 청초한 미를 지닌 소녀는 고개를 숙일 뿐이다.

"아무리 망나니 같은 놈이라지만… 결코 그렇게 가서는 아니 된다."

소녀의 어머니는 그렇게 일어나지 못하는 아들을 원망했다.

그녀의 이름은 당가연으로 오대세가 중 하나인 사천당가의 족보에 이름을 올리지는 못했지만 분명 그 피가 전해진 여인이다.

"진천아."

당가연은 아들의 이름을 불러보았다. 잘난 점만 이어받은 아들은 그녀가 보기에도 어려서부터 총명해 대단히 주목받던 인재였다. 하지만 언제부터인지 방탕한 생활을 하며 시간을 낭비했고, 지금에 이르러서는 단문의 망나니로 불리게 되었다.

세간이 평가하는 당진천은 거만하고 멍청하며 가문의 피를 빨아먹는 천하의 망나니였다.

여인을 탐하다가 관아에 끌려갈 뻔한 적도 있고, 제갈세가의 여식에게 추파를 던져 당가연이 직접 나서서 막대한 돈을 지불하고 용서를 구한 적도 있다.

진천은 자기 실력을 믿고 날뛰는 천둥벌거숭이였다.

명성을 날려보겠다고 무림맹의 무사로 지원해서 잘 적응하는가 싶더니 결국 지금은 잠복한 사파 무리에게 당해 의식 불명 상태에 빠졌다.

"힘들구나."

사랑하는 자식이 엇나가는 것을 보는 것은 고통이었다. 차라리 없어졌으면 좋겠다고 생각한 적도 있지만 심각한 내상을 입고 누워 있으니 망나니라도 좋으니 제발 일어났으면 하는 간절한 바람뿐이다.

가주가 죽고 없는 지금 대를 이을 유일한 남자라는 이유에서 그런 것은 절대 아니었다.

당가연은 아들을 지극히 사랑했다. 늘 호통치며 험한 말로 아들을 대했지만 그것은 진심이 아니었다.

"네 오라비가 원망스러우냐?"

"아니라고 한다면 거짓말이겠지요. 가문이 이렇게 기운 것에는… 오라버니의 잘못이 크니까요."

소녀가 담담히 말했다. 그녀의 눈에는 감정이 나타나 있지 않았다.

단소미는 그 나이 또래답지 않게 성숙했다. 스스로를 감추는 법을 알고 살아가는 법을 알았다.

재능이 차고 넘치던 진천과는 다르게 소미는 평범했다. 단지 외모가 뛰어난 것을 제외한다면 범재에 속했다. 그런 그녀가 얼마만큼 노력했는지 당가연은 잘 알고 있었다.

그녀는 뛰어난 재능을 가지고도 방탕한 생활을 하는 오라비에 대한 원망이 대단했다.

'어릴 적에는 그리 사이가 좋았건만.'

근 십 년 동안 둘은 한마디도 섞지 않았다. 단진천은 소미를 피했고, 소미는 그런 단진천을 무시했다.

'내 잘못이다.'

일찍이 가주가 죽고 당가연은 여인의 몸으로 가문을 이끌어가고 있었다. 기울어가는 가문을 어떻게든 살리기 위해 그녀는 늘 바빴고, 가정에 소홀히 할 수밖에 없었다. 그런데 정신을 차리고 보니 이 꼴이다.

"차라리… 일어나지 못했으면……."

"뭐라?"

"어머니께서 늘 오라버니 때문에 슬퍼하시니까요."

"…네 오라비를 용서하거라."

지금도 무림맹의 의룡전에서는 진천을 치료하는 명목으로 막대한 재물을 요구했다. 무림에서 가장 뛰어난 의술을 지닌 자들이 있다고 했기에 당가연은 치료를 위해 재물을 무림맹에 쥐어줄 수밖에 없었다.

가세가 급격히 기우는 것은 당연했다. 정작 소미는 몇 벌의 옷도 지니고 있지 못했다.

당가연은 두 눈을 꼭 감았다. 미려하던 그녀의 얼굴에는 주름이 늘어나 있다.

"이것이 하늘의 뜻인가. 그이를 여의고 아들마저 저리되다니……."

"날이 춥습니다, 어머니. 들어가시지요."

근래에 들어서 단문세가에서는 웃음소리가 들려오지 않았다. 앞으로도 분명 그럴 것이리라.

심적으로 너무나 힘들어 휘청거리는 당가연을 소미가 부축했다. 당가연은 변변한 장신구 하나 달고 있지 않은 소미를 보며 눈물을 삼켰다.

소미는 어려서부터 양보와 겸손, 그리고 아끼는 법을 배웠다. 당소연은 그것이 소미의 착한 심성에서 오는 것이라 생각했고, 소미 스스로 마음을 죽이고 있음을 알지 못했다.

"고얀 놈."

원망스럽지만 너무나도 보고 싶은 하나뿐인 아들이다.

*　　　　*　　　　*

깊은 잠을 잔 것 같다. 문현은 힘겹게 숨을 내쉬며 신음을 내뱉었다. 밀려오는 두통에 두 손으로 얼굴을 감싸 쥐었다. 그러다 문득 자신의 한쪽 팔이 온전하게 붙어 있음을 알고 화들짝 놀랐다.

'모든 것이… 꿈인가?'

그럴 리 없었다. 그 고통, 분노, 슬픔이 거짓일 리 없었다. 문현은 자신이 죽은 것인가 생각해 봤지만 그건 아닌 것 같았다.

분명히 육체가 존재하고 있었다. 비록 온몸이 쇠를 매단 것 같이 무겁고 잘 움직여지지는 않지만 이것은 분명 육체였다.

문현은 간신히 눈을 떠 자신의 두 손을 바라보았다. 멀쩡한 손가락을 움직여 보며 흔들어보기도 했다. 그런데 자신의 거칠고 투박하던 손이 아니었다.

굉장히 매끄러워 마치 귀한 집의 여인처럼 고생 한번 안 한 손 같았다.

"깼는가?"

흠칫!

옆에서 들리는 목소리에 문현은 몸을 떨었다.

경계하는 것은 당연했다. 사방의 모든 이가 적이었으니 말이다. 하지만 들려온 목소리에는 오로지 걱정하는 마음만이 느껴졌다.

문현이 고개를 돌리니 하얀 의복을 입은 노인이 문현을 내

려다보고 있다. 문현이 몸을 일으키려 하자 노인이 손을 들어
저지했다.

"누워 있게. 자네는 두 달 가까이 누워 있었네. 거의 죽었다
고 생각했는데 기적적으로 살아난 것이야. 신기하군, 신기해."

문현은 혼란스러웠다.

"좀 더 쉬게. 자네 집에 알렸으니 곧 사람이 올 것이네."

노인은 뒷짐을 지고 사라졌다.

문현이 보기에도 노인은 대단한 위치의 사람인 것 같았다.
의술을 익힌 자 같았는데 눈빛에서 사리사욕이 느껴지는 것
이 큰 인물은 못 됨을 알 수 있었다.

"나는……."

문현은 얼굴을 더듬어보았다. 흉터투성이의 얼굴이 아니라
너무나도 매끄러운 피부가 만져졌다. 몸은 마르고 근육이 부
족하기는 했지만 골격은 대단히 뛰어났다.

'내 육체가 아니야. 비술이 실패한 것인가?'

문현은 그것을 인정할 수밖에 없었다. 아무리 보아도 지금
의 몸은 인간의 것이지 악귀라고 생각할 수 없었다.

문현은 지금 정상적으로 사고하고 있고 그 어떤 사악한 생
각도 들지 않았다.

'비술이 실패하고 다른 이의 몸으로 들어온 것 같은데……'

문현은 깊은 숨을 내쉬며 눈을 감았다.

'무공……'

기억이 잘 나지 않았다. 다만 무언가 비술을 행할 당시 현문 대사의 얼굴을 본 것 같고 드문드문 떠오르는 구결은 분명 소림의 무학이었다.

안개가 낀 것처럼 흐릿했지만 소림의 절기가 포함되어 있었다.

'그리고……'

머릿속에 각인되듯 떠오르는 것은 갖가지 사술이었다.

그 양이 상당히 방대해 정리가 필요할 것 같았지만 떠올리는 것만으로도 정신이 흔들리는 듯했다. 하지만 분명 도움이 될 것이다.

'복수……'

문현은 두 주먹을 불끈 쥐었다. 악귀가 되어 큰 힘을 얻는 것에는 실패했지만 복수에 대한 기반을 닦을 수는 있을 것이다. 오히려 잘된 일이었다. 이성을 차갑고 날카롭게 유지하며 스스로의 힘을 키워 복수할 수 있는 기회를 잡은 것이다.

문현은 흥분을 가라앉히고 힘겹게 가부좌를 틀었다.

심호흡을 내뱉으며 자신의 내부를 관조하기 시작했다. 큰 내상을 입은 듯 진기의 흐름이 일정하지 않았지만 문현은 그것을 신경 쓸 수 없었다.

'이 정도라면……'

문현이 과거에 지닌 내공의 배는 되는 양이다. 혈맥이 많이 막혀 있었지만 일류에 견줄 만했다.

다만 오랫동안 수행을 하지 않아 뼈와 근육이 굳어 있고 육류를 주로 탐했는지 이물질로 혈이 막혀 더 이상 큰 성취를 보기는 어려울 것 같았다.

'골격 자체는 뛰어나다. 내가 감당할 수 없을 정도로.'

적은 노력으로도 큰 성취를 볼 수 있는 육체였다. 현문 대사가 말한 천하의 무골이 바로 이것을 지칭하는 듯했다.

"큭!"

내상이 도지는 느낌에 문현은 몸을 관조하는 것을 멈췄다. 몸은 식은땀으로 축축해져 있었다.

두 달 동안 죽은 듯이 누워 있던 몸은 무척이나 약해져 있었고 치료를 했다고는 하나 내상이 아직 다 낫지 않았으니 그야말로 약골이라 할 수 있었다.

'가능해. 가능할 거야.'

이 정도는 장애가 되지 않았다. 육체의 상태가 엉망이기는 했지만 과거의 자신과는 비교도 할 수 없었다.

'내가 살아 있음은 그 누구도 모를 것이다.'

그 누가 백문현이 다른 이의 육체를 뒤집어쓴 채 살아 있다고 생각할 것인가?

문현은 독해지기로 마음먹었다. 육체의 원 주인에 대한 미안함보다는 복수에 대한 분노가 더욱 컸다.

이미 정도를 버린 몸이다. 수단과 방법을 가리지 않고 강해질 것이고, 잔인하게 복수할 것이다. 문현은 눈을 빛내며 그렇게 다짐했다. 문현의 서늘한 살기가 퍼져 나가자 주위에 누워 있던 환자들이 몸을 부르르 떨었다.

끔찍한 고통과 죽음을 겪고 누구보다도 깊은 원한에 사무쳐 있는 문현의 살기는 그 어떤 고수의 살기보다 진했다.

"후……."

문현은 감정을 다스리며 자리에 누웠다. 지금은 다른 생각을 끊고 회복에 전념해야 할 때였다.

'기다려라. 죽음보다 더한 고통을 안겨주마.'

문현의 꽉 쥔 주먹에서 피가 흘러나오고 있었다.

*   *   *

닥치는 대로 먹고 무리하지 않는 내에서 몸을 움직였다.

사흘 동안 그렇게 회복에 힘쓴 무현은 일반 숙소로 이동할 수 있었다. 아직까지 축기는 무리지만 시간이 더 지난다면 충분히 무공을 익힐 수 있을 것이다.

'이곳이 무림맹일 줄이야.'

무림맹의 건물은 마치 황궁을 연상시킬 정도로 거대했다.

과연 백도무림을 대표할 만한 웅장한 모습이었다.

문현은 그 모습에 토악질이 치밀고 강한 분노를 느꼈지만 참을 수밖에 없었다.

지금은 잠자코 있지만 더 강해져서 돌아올 것이다.

그들이 상상할 수조차 없는 재앙이 되어 돌아올 것이다. 그렇게 생각하니 인내할 수 있었다.

'대우가 괜찮은 것이 다행이군.'

무림맹에서의 대우는 괜찮았다. 세 끼가 꼬박꼬박 나오고 탕약도 나왔다.

약초에 대해 잘 아는 문현이 보기엔 별 볼 일 없는 것이었지만 그래도 없는 것보다는 나았다.

문현은 이용할 수 있는 모든 것을 이용하기로 했다. 무림맹은 자신의 존재를 눈치채지 못할 것이다. 죽었을 자신이 다른 이의 몸에 들어가 복수를 할지 생각이나 하겠는가.

문현이 머물고 있는 일반 숙소도 제법 괜찮았다. 그가 듣기로는 공을 세운 청년들이 머무는 숙소라 했다.

문현은 그것에 대해선 전혀 관심이 없었다. 주어진 것을 거부하지 않고 충분히 이용할 생각이다.

문현은 숙소에서 나와 숙소 앞에 마련되어 있는 연무장으로 향했다.

무림맹에 소속된 누구나 이용 가능한 공간이었다. 개방된 장소라 무공을 연마하기보다는 미래 정파를 이끌어갈 청년들끼리 가볍게 친목을 도모하는 자리로 바뀌어 있었다.

문현이 연무장에 등장하자 가볍게 비무를 하고 있던 청년들이 문현을 보며 비웃었다.

"저 바보는 왜 또 온 거야?"

"빌빌거리는 게 꼭 계집애 같군."

"제갈 소저께 수작을 부리다가 된통 당한 놈이라며?"

문현을 보는 시선은 결코 호의적이지 않았다. 노골적으로 시비를 걸어오는 자도 있었다. 모두 그를 손가락질하며 비웃고 욕했다.

'하지만 그게 어떻다는 거지?'

문제될 것은 아무것도 없었다. 문현에게 체면, 명성 따위는 중요하지 않았다. 애초부터 바라보는 곳 자체가 달랐다.

"큭."

다리에 힘이 풀려 비틀거렸다.

온몸이 쑤셨지만 문현의 입가에는 웃음이 떠올라 있었다.

문현은 지금 이 시간이 고통스럽지 않았다. 오히려 과거에 비한다면 보람 있기까지 했다.

갖은 노력을 해도 닿지 못할 곳에 닿을 가능성이 있었고, 그로 인해 복수할 수 있는 기반을 마련할 수 있었다.

'즐겁다. 땀을 흘리는 것에 보람을 느끼기는 또 처음이다.'

아무리 땀을 흘려도 제자리걸음이던 과거와 달리 꾸준히 앞을 향해 나아가고 있었다.

"네가 백문세가의 단진천이냐?"

"아주 좋은 몰골을 하고 있군."

"달려 있긴 한 거냐? 하하하!"

놈들이 노골적으로 시비를 걸어왔다. 하지만 그런 것에 신경 쓸 문현이 아니었다.

문현은 그들을 무시하며 단지 정보만을 습득했다.

문현이 뒤집어쓴 단진천이라는 자의 소문은 가히 좋지 못했다. 언뜻 들리는 소문만으로도 문현 스스로 고개를 내저을 정도였다.

문현이 그들을 무시하며 스쳐 지나가자 그것이 마음에 들지 않았는지 누군가 문현의 어깨를 잡았다.

나름 무림맹에서 명성을 떨치고 있는 비룡단(飛龍團)에 들어가 있는 청년들이다. 분명 비룡단에 들었다는 것만으로도 어깨를 펴고 다닐 만한 일일 것이다.

"감히 무시하는 거냐?"

"무슨 용무인가?"

흠칫!

문현이 어깨를 잡은 자를 바라보자 그가 흠칫 놀라며 손을 떼었다.

문현의 눈빛이 너무나 어두워 소름이 끼쳤기 때문이다.

"이, 이 자식이……!"

그들 중 하나가 그런 감정을 느낀 것이 부끄러웠는지 주먹을 들어 문현의 얼굴을 후려쳤다.

퍼억!

반항할 줄 알았던 문현이 오히려 너무나도 크게 나자빠지자 청년이 당황했다. 비무의 형태가 아니고서 무림맹에서는 그 누구도 일방적으로 폭력을 행사할 수 없었다. 그것이 무림맹 내의 첫 번째 규율이었다.

청년이 당황하며 주위를 바라보았다. 도움을 구했지만 모두가 외면했다.

"퉤."

문현이 피를 내뱉으며 일어났다. 입술이 터져 피가 흐르고 있다.

"다 했는가?"

문현은 아무런 감정 표현 없이 그를 바라보았다. 그 모습에 압도당해 그가 주춤거렸다.

"그, 그게……."

"그럼 이제 자네를 무림맹 뇌천단(腦天團)에 고발해도 되겠군. 죽다 살아난 환자에게 갖은 모욕을 주었을 뿐만 아니라 폭력을 행사하여 상해를 입혔으니 말이야."

문현은 꾸준히 수행을 하면서도 무림맹에 대한 정보를 수집했다. 무림맹의 전폭적인 지지를 받는 청년 단체가 있었다. 바로 청룡단과 뇌천단이었다.

　청룡단은 각 문파의 대표 후기지수들이 모여 있는 단체로 그 휘하에 많은 단체를 거느리고 있었다.

　뇌천단은 그런 청룡단의 머리나 마찬가지였고, 무림맹주에게 직접 발언할 수 있는 발언권을 갖고 있었다.

　그런 뇌천단에 고발한다는 것은 곧 비룡단에서의 그의 자리가 위태롭게 된다는 뜻이다.

　"미, 미안하네. 내, 내가 잠시 감정에 흔들려… 이, 이해해 주게나. 그, 그래, 필요한 건 없는가? 아, 좋은 내상약을 가져다주겠네."

　"내상약?"

　"화, 화산에서 구한 내상약일세."

　"모두."

　잠시 생각하던 문현이 말하자 청년은 무슨 말이냐는 듯 문현을 바라보았다.

　"내상약뿐만 아니라 네가 가지고 있는 약을 모두 준다면 생각해 보지."

　"크, 크윽! 알겠네."

　청년이 얼굴을 일그러뜨리며 물러나자 문현은 아무 일도

없었다는 듯 연무장 끝을 따라 다시 걷기 시작했다.

이러한 훈련은 일반 숙소로 옮기면서부터 계속해 온 일이다. 약한 육체를 회복시키고 근력을 어느 정도까지 증가시키는 데에는 걷기만 한 것이 없었다.

'육체가 기반이 되어야 한다. 내공은 육체에 쌓는 것. 육체가 부실하다면 그저 모래성에 지나지 않아. 조급해하지 말자.'

문현은 점차 속도를 내어 걸었다. 비웃음 속에서도 그는 멈추지 않았다. 땀이 온몸을 적시고 다리가 후들후들 떨렸지만 그럴수록 더욱 힘 있게 나아갔다. 그 모습이 숭고해 보이기까지 했다.

"엇? 제갈 소저다!"

"뇌천단이 자문을 구했다는 말이 사실이구나!"

"과연 제갈세가!!"

감탄성이 터져 나왔지만 문현은 전혀 신경 쓰지 않았다. 무아지경으로 몰입해 그 어떤 것도 보이지도 들리지도 않은 상태였다. 과거 문현은 모든 일에 최선을 다했다.

무아지경으로 몰입할 수 있는 집중력은 문현이 가진 가장 큰 장점이었다.

'생각보다 근육이 붙는 속도가 빨라. 내상 회복도 빠르고. 과연……'

막대한 잠재력을 갖춘 무골과 그의 집중력이 만나게 되니 문현의 몸은 하루가 다르게 회복되고 있었다.

문현이 흐뭇한 미소를 지으며 열중하고 있을 때 누군가 그의 앞을 막아섰다. 그러자 문현이 비켜서 걸어가려 했지만 다시 막아섰다.

"무슨 일이오?"

"죽다 살아났다는 말이 사실인가 보군요."

문현의 앞을 막아선 자는 제갈세가의 여식인 제갈소현이었다. 무공보다는 뛰어난 머리로 무림칠룡오봉(武林七龍五鳳)에 속한 인재였다. 오봉에 든 여인들은 실력뿐만 아니라 외모 역시 빼어났다. 오봉에 속한 여인들이 무림제일화를 두고 다투고 있으니 그 미모는 알 만했다.

하나 문현에게는 그다지 감흥이 없었다. 객관적으로 봐도 희연이 훨씬 아름다웠기 때문이다.

문현의 인상이 찌푸려졌다. 죽은 동생을 생각나게 한 이 여자가 마음에 들지 않았기 때문이다.

"할 말은 그것뿐이오?"

문현이 감정 없는 눈으로 제갈소현을 바라보며 말하자 제갈소현이 오히려 당황해했다. 무언가 기대한 반응과 달라 당황한 것이다.

"안부 고맙소. 그럼 비켜주시오."

"으읏! 참으로 뻔뻔하군요. 고개를 숙이며 감사하다 해도 모자랄 판에……."

"감사?"

"단문세가가 우리에게 주기로 약조한 금자 이십 냥, 그리고 진천 소협의 치료비 명목으로 빌려준 금자 다섯 냥, 총 금자 스물다섯 냥을 갚을 기한을 이리 연장해 준 것이 누구인지 모르는 건가요?"

문현은 잠시 생각했다. 아무래도 이 몸에게는 빚이 있는 모양이다. 금자 스물다섯 냥은 무척이나 큰돈이다. 보통 일반 백성의 생활비가 은자 한 냥이고, 금자 스물다섯 냥은 은자로 치면 이백오십 냥이다.

그 정도라면 과거 상단을 운영했을 당시라고 해도 한 번에 지불하기 힘든 금액이다.

"고맙소. 다른 할 말이 또 있소?"

"네?"

"그럼 편히 가시오."

문현은 그리 말하고 그녀의 옆을 스쳐 지나갔다. 제갈소현은 문현의 태도에 몸을 부르르 떨었다. 그리고 그의 등 뒤에 대고 소리쳤다.

"올해 안으로 갚지 못한다면 단 소협의 몸으로 갚아야 할 것이에요!"

문현은 사채업을 하는 자들을 잘 알고 있었다. 연약해 보이는 여인을 앞세워 방심을 유도하는 업자들도 있었다. 순웅이 문현의 의형제가 되기 전에 그와 같은 일을 한 적이 있다.

'미안하다, 순웅.'

하지만 문현 앞에 있는 이 처자는 이익을 위한 것보다는 자신을 망신시키고 싶어 하는 것 같았다.

이런 여자와 얽히면 골치 아팠다.

망신이라면 백 번이든 천 번이든 당해줄 수 있지만 자신의 수행을 방해하는 것은 용서할 수 없었다.

"알겠소."

문현은 짤막하게 말하고 또다시 묵묵히 걸었다. 그런 그를 바라보는 제갈소현의 눈빛이 의아함으로 가득 찼다.

*   *   *

제갈소현은 명문세가 중 하나인 제갈세가의 여식이었다.

그녀의 아름다움은 무림오화에 들게 했고, 그것을 넘어서는 지략은 오봉 중 삼봉의 자리에 위치하게 만들었다. 게다가 무공은 다른 오봉에 비해 손색이 있을 뿐이지 충분히 천재 범주에 속했다.

어려서부터 많은 영약을 먹으며 벌모세수를 받았기에 그녀의 성취는 어느덧 절정에 달해 있었다.

그런 그녀가 바라보고 있는 자는 생각만 해도 역겹던 단진천이다.

무식하기 이를 데 없고 무가의 자식임을 못 알아볼 정도로 살이 쪄 한심하게 느껴졌다.

자신에게 뻔한 수작을 걸려다가 막대한 배상금을 단문세가에서 약조했을 때는 통쾌하기도 하고 그의 여동생인 소미에게는 미안한 마음이 들기도 했다.

하나 남은 배상금을 갚을 형편이 안 됨을 제갈소현은 잘 알고 있었다. 갚지 못한다면 그를 시종으로 부릴 생각이다.

'정말 그자가 맞나?'

한데 자신의 앞에 있는 이는 예전에 알던 그 단진천과 차이가 있었다.

일단 두 달을 누워 있어 홀쭉해진 모습은 곱상하기 그지없고 날카롭게 풍기는 이상한 기도는 마치 오대세가의 귀공자를 보는 것 같이 느껴졌다.

반나절이 넘도록 땀을 흘리며 연무장에 남아 있는 모습은 기묘한 감동을 주기까지 했다.

'게다가 방금 전에는……'

마치 자신은 안중에도 없다는 듯 행동했다. 그것은 결코 연기가 아니었다. 연기 따위로 제갈소현의 안목을 피해갈 수는 없었다.

그가 자신에게 품었을 연모의 감정은 전혀 느껴지지 않았고 오히려 귀찮은 기색이 흐르자 당황한 제갈소현이다.

'감히 저자가……'

오히려 후련해야 했지만 그녀는 왠지 모르게 기묘한 감정이 들었다.

"정말 그 단진천이 맞아?"

"…글쎄요."

제갈소현의 옆에서 단소미가 대답했다.

제갈세가, 그리고 무림맹과의 채무 관계 정산 때문에 단문세가의 여식인 그녀가 직접 와야만 했다.

그리고 단진천과 직접 이야기를 나누고 오라는 어머니의 부탁을 거절할 수 없었다.

그 때문에 무림맹에 도착한 소미는 며칠째 단진천이 수행하는 모습을 바라보고 있었다.

"모르겠군요."

"아무튼 빚은 단진천의 몸으로 갚으면 되니 그렇게 알도록 해."

소미는 제갈소현의 말에 답하지 않았다. 그저 무표정한 얼굴로 단진천을 바라보고 있을 뿐이다.

소미는 노력하는 단진천을 본 적이 없었다. 단진천이 무림맹의 무인들에게 갖은 모욕을 당할 때도 무심했는데 지금의 모습에서는 무언가 알 수 없는 느낌이 조금씩 올라오고 있었다.

'이미 되돌릴 수 없어.'

소미는 그렇게 생각하고 등을 돌렸다. 그녀의 얼굴은 늘 그렇듯 차가웠다.

* * *

제갈소현과 만난 지 며칠이 지난 밤.

숙소의 침상에 앉아 자신을 관조하기 시작한 문현은 몸이 어느 정도 회복되었음을 느꼈다.

문현이 예상한 것보다 상당히 빠른 회복 속도이다. 게다가 근력이 붙는 속도는 과거의 문현을 몇 배나 상회했다. 고단한 수행이었지만 문현은 즐거움을 느꼈다.

'내상도 괜찮아졌어.'

비룡단의 무인이 준 내상약은 대단히 좋은 물건이었다. 문현은 내상약을 써보고 어째서 그자가 그렇게 손을 부들부들 떨었는지 알 수 있었다. 느리게 회복되던 내상이 금세 운기가 가능할 정도까지 회복된 것이다.

비쩍 말라 버린 그의 몸에 근육이 붙자 외모가 훨씬 살아나기 시작했다.

남궁세가의 소가주와 견주어도 부족함이 없는 외모에 우수에 젖은 깊은 눈망울이 더해지자 그야말로 부족함이 없었다.

거기에 알 수 없는 거친 분위기는 사내다움을 나타내 주고 있었다.

모르는 사람이 본다면 예전의 단진천이라 생각할 수 없을 것이다.

하지만 문현은 외모 따위는 신경 쓰지 않았다. 오히려 잘생긴 외모는 방해물이라 생각했다. 자신의 걸어가야 할 길을 생각하면 충분히 방해물이었다.

차라리 지금처럼 손가락질을 당하며 바보로 매도당하고 병신이라 욕을 먹는 것이 세간의 눈을 속이기 쉬울 것이다

문현의 정체를 알고 있는 자는 없을 테지만 조심해서 나쁠 건 없었다.

세간의 그런 악평은 그의 운신의 폭을 넓혀줄 것이다. 문현은 침착하게 내부를 관조했다. 주요 혈맥이 많이 좁아지기는 했지만 다행히 막히지는 않았다.

'이미 쌓인 내공은… 버려야 한다.'

일류 무인에 달하는 내공이었지만 지금의 문현에게는 독이었다. 어차피 내상을 입어 많이 흩어져 있었다.

과거의 문현이라면 꿈도 꿀 수 없을 정도였지만 포기해야 했다. 죽도록 아까웠지만 이것을 욕심내다가는 더 큰 것을 얻

을 수 없었다.

'작은 것에 연연하면 안 돼. 나의 복수는 대업이라 칭해도 무방하다. 사내답게 굴자.'

작은 것에 미련을 버리는 법을 문현은 알고 있었다.

처음부터 다시 연마하는 길은 상당히 고될 것이다. 보통이라면 몇십 년이 걸릴지도 모르지만 문현에게는 비장의 수가 있었다.

'사법!'

복수에 가장 어울리는 것이 바로 사술일 것이다.

당장 머릿속에 떠오르는 사술은 상당히 많았다. 사람을 홀리는 매혹술부터 강시를 만드는 제조법에 이르기까지 그 범위는 무척이나 광대했다.

게다가 분명 혈맥을 강제로 뚫는 시술 역시 존재했다. 많은 준비가 필요하지만 얻는 것을 생각한다면 이 정도 내공이야 지불해도 전혀 아깝지 않았다.

'그것은 차후의 일이다. 일단 내공의 기반을 닦아야 해.'

문현은 가부좌를 틀고 조용히 눈을 감았다. 일단은 삼재심법부터 시작하여 혈맥을 닦고 단전에 기반을 마련한 다음, 그가 깨달은 소림의 대승반야선공을 연마하기로 정했다.

"후우……!"

문현은 단전에 차 있는 내공을 흩어버렸다. 두 시진이 넘게 행한 작업이다. 혈맥, 그리고 세맥에까지 그의 내공이 모조리 흩어져 버렸다. 시간이 지난다면 모두 사라질 것이다.

"아……."

내공이 흩어지자 온몸에 힘이 빠져 그야말로 무기력해졌다. 문현은 아쉬운 마음을 뒤로한 채 굳게 입을 앙다물었다.

"시작하자."

문현은 무림인이라면 누구나 알고 있을 삼재심법을 운용하며 진기를 혈맥으로 유도했다.

소주천이 목적이지만 오늘 소주천을 이룰 수 있을 거라는 생각은 하지 않았다.

문현은 삼재심법을 운용했다. 그리고 천천히 진기를 유도하여 내공을 쌓기 시작했다.

진기가 임맥과 독맥으로 느리지만 서서히 돌기 시작하자 문현은 주변의 기를 느낄 수 있었다. 그것은 문현으로서는 처음 느껴보는 감각이었다.

'음?'

심장 부근에서 무언가가 느껴졌다. 마치 숨어 있던 것처럼 숨죽이고 있던 그것은 문현이 운기를 시작하자 서서히 자신의 존재감을 드러냈다.

그것은 문현이 대비할 겨를도 없이 삼재심법에 따라 흐르는 진기에 섞여 들어가며 혈맥을 폭발시킬 듯 흐르기 시작했다.

'큭!'

문현의 주변으로 검은 연기가 흘러나왔다. 그것은 불길한 느낌을 주었지만 기이하게도 마공이나 사공의 기운과는 판이하게 달랐다. 무언가 더 깊고 어두운, 그래서 오히려 밝게 느껴지는 기묘한 기운이었다.

'침착하자. 이대로 정신을 놓는다면 진기가 폭주한다.'

문현은 고통을 참아내며 이를 악물고 진기를 유도하기 시작했다. 이리저리 폭발적으로 날뛰며 혈맥의 이물질을 먹어치우는가 싶더니 곧바로 임독양맥, 즉 생사현관을 타통할 기세로 달리기 시작했다.

'안 돼!'

문현의 통제가 먹히지 않았다. 이대로 임독양맥이 타통될 수 없다는 것을 문현은 잘 알고 있었다. 전혀 준비가 되어 있지 않았다.

'이건… 자연의 기운이 아니야!'

문현은 깨달았다. 자연의 기가 아니기에 그것을 통제할 수 없었다.

문득 현문 대사의 얼굴이 떠올랐다. 간신히 잡은 기회를 허망하게 날리고 죽을지도 모르는 상황에 현문 대사의 얼굴이 떠오른 것이다.

문현은 혈맥이 확장되는 고통 속에서 대승반야선공을 떠올렸다. 속으로 구결을 외우며 진기를 유도하자 날뛰던 기운이 움찔거리는가 싶더니 반항하기 시작했다.

문현은 고통을 참아내며 긴 줄다리기를 시작했다.

문현이 당기면 날뛰는 기운들이 밀어내기를 반복했다. 그러다가 점점 유도하는 진기와 섞이더니 단전을 부술 듯 축기되기 시작했다.

첫 운기는 문현의 승리로 끝났다.

"후우우."

문현이 입김을 내뱉자 황금빛과 검은 연기가 섞인 기이한 빛깔의 입김이 토해져 나왔다. 기운의 양이 무척이나 많아 그의 경지로는 붙잡을 수 없던 것이다.

"이럴 수가……!"

하지만 문현은 그것이 아쉽다는 생각이 들지 않았다. 단전을 채우고 있는 정체 모를 두 기운이 점차 서로 섞이기 시작했다.

그 양은 흩어버린 내공에 비하면 부족했지만 충분히 일류에 다다라 있었다.

심장 부근에 있는 정체 모를 기운이 막대한 내공을 제공한 것이다.

"대승반야선공이 없었다면… 제어하지 못했을 거야."

분명 극과 극이었다. 심법은 소림의 것이었고, 그 기운은 그의 추측이 맞다면 악귀가 되는 비술을 행할 때 느끼던 죽음의 기운이었다.

소림의 것과 반대되는 사기. 극에 다다른 사기가 대승반야선공의 통제를 받는다는 것은 놀라운 발견이었다.

"어떻게 대립하지 않고 공존할 수 있단 말인가."

기연이었다. 현문 대사의 가르침이 없었다면 그는 분명 백치가 되었거나 정신을 잃고 날뛰는 미치광이가 되었을 것이다. 그리고 그 사기의 집합체, 즉 사기의 내단이 없었다면 이와 같은 성취를 얻을 수 없었을 것이다.

'예상보다 빠르게 훨씬 더 강해질 수 있다.'

문현은 단전에 충만하게 차오른 내공을 느끼며 미소 지었다.

내공에 쌓인 기운은 밝지도 어둡지도 않은, 마치 모든 것을 포용할 수 있을 것 같은 부처의 기운이었다. 아니, 그것은 사악한 모든 것을 일통하는 기운이었다.

휘익!

문현은 주먹을 뻗어보았다. 내공이 담긴 그의 주먹이 공기를 가르자 파공음이 들리며 옷이 찢어질 듯 펄럭였다.

'이건 대승반야선공이라 할 수 없어. 그 이상, 혹은 그 이하의 무엇이야.'

문현은 자신의 단전에 있는 것을 혼기(混氣)라 부르기로 하고, 심장 부근에 있는 것은 사혼단(死魂丹)이라 부르기로 했다.

'이제는 소림의 것이라 할 수 없어.'

기본 묘리는 대승반야선공을 따랐지만 그 결과는 판이하게 달랐으니 소림의 방장이 온다고 해도 그것이 대승반야선공이라는 것을 모를 것이다.

그 차이는 얇은 천의 앞뒷면에 불과할지 모르지만 생각하기에 따라선 천지 차이일 수도 있었다.

'수라역천심법(修羅逆天心法).'

문현은 그렇게 이름 붙였다.

대승반야선공과 상충되는 부분이 존재해 문현의 경지로는 심마에 빠질 수 있었지만 이미 사혼단 자체가 심마였다.

'기이하군. 대승반야선공과 같은 고명한 무공심법을 변형하다니… 그건 일대 종사와도 같은 일이 아닌가.'

모든 무공은 변형된다. 파생되어 나온 무공 중에서는 원류를 넘어서는 것들도 존재한다.

하나 그 변화의 흐름은 느렸고, 긴 세월에 의해 완성되는 것이다. 지금처럼 갑작스럽게 변형되어 스스로 이해한 경우는 고금을 통틀어 전무했다.

위기가 기회를 넘어 기적이 된 경우였다.

사혼단이 모든 심마를 잡아먹어 문현의 정신이 온전할 수 있던 것이다. 심마 역시 사기로 통하니 사혼단을 거스를 수는 없었다.

"성급했어. 앞으로는 더 주의를 기울여야겠군. 이번 같은 기적이 늘 있을 수는 없으니……."

사혼단이 존재하는 이상 심마로부터 안전할 수 있다는 것을 문현은 아직 알아차리지 못했다. 하지만 강해질 근간이 생겼다는 것에 문현은 그답지 않게 기쁨이 얼굴에 묻어났다.

"음?"

문현은 온몸에 누런 노폐물이 잔뜩 묻어 있음을 알아차렸다. 사혼단에 의해 혈맥이 확장되면서 그것을 막고 있던 노폐물이 모공 밖으로 밀려 나온 것이다.

'받아놓은 물이 있어 다행이군.'

문현이 있는 숙소에는 욕탕이 존재하지 않았다.

비룡전만 하더라도 시녀가 기거하고 있어 목욕물을 부탁할 수 있었지만 여기에서는 그저 받아놓은 물로 몸을 닦아내야 했다.

문현은 온몸을 닦아내고 나서야 개운해짐을 느꼈다. 차가운 물이 조금은 가라앉아 있던 그의 의식을 일깨워 주었다. 문현의 시선이 누군가가 보내준 의복에 고정되었다.

'단진천의 가족인가?'

단진천의 가족에 대해선 아는 바가 없었다. 꽤나 많은 빚을 지면서까지 단진천의 치료비를 대주었고, 때문에 숙소에서 세 끼를 해결하며 편히 있을 수 있던 것이다.

'천둥벌거숭이라도 챙겨줄 수 있는 것이 가족이지.'

문현에게 가족은 희연, 현문 대사, 그리고 순웅을 포함한 식솔들이었다. 그들에게 무슨 문제가 생긴다면 지체 없이 도와줄 것이고, 그들을 무조건 믿어주었을 것이다.

'내 가족은 이제 없다.'

문현의 눈빛이 가라앉았다. 차갑게 일렁이는 눈빛은 베일 것 같은 날카로움마저 느껴졌다. 충만한 내공이 기세를 더욱 날카롭게 만들어주고 있었다.

그에게 남은 가족은 없었다. 현문 대사도, 희연도, 순웅도, 나머지 식솔들도 모두 죽었다.

혹시 몰라 소문에 귀를 기울여 보았지만 백문세가는 멸문되었고 무림 공적은 모두 그 자리에서 처단되었다고 한다.

가족이라는 단어는 이제 문현의 마음속에 존재하지 않는 단어였다.

'단진천의 가족이라……. 이용할 수 있는 것은 이용해야 해.'

무림맹과 연이 닿아 있다면 처단해야 하는 적일 수도 있었다.

끼익!

그때 문밖에서 인기척이 들려왔다. 누군가 있음을 일부러 알리는 소리다.

"누구시오?"

"소미이옵니다."

처음 듣는 이름과 목소리다.

문현이 문을 열자 작은 체구의 귀여운 소녀가 서 있었다. 유난히 얼굴이 차가워 보이는 소녀였다.

문현은 스스로를 소미라고 밝힌 소녀를 바라보았다. 소녀 역시 고개를 들어 문현을 바라보았다.

"회복되어서 다행입니다, 오라버니."

문현을 보고 오라버니라 부른다. 문현은 그 말에 희연의 모습이 떠올랐지만 눈을 감았다 뜨며 그것을 지웠다.

"진담인가?"

문현이 물었다.

문현은 소미의 말이 거짓임을 알 수 있었다. 아니, 누구나 알 수 있을 것이다. 가족이 무사한 것을 알았을 때의 표정, 다시 만났을 때의 표정은 결코 저렇게 차가울 수 없었다.

"내일 떠나서야 합니다. 채비를 하시지요, 오라버니."

소미는 문현의 말에 대답하지 않으며 말했다. 문현은 그런 소미를 한동안 바라보았다. 이 소미라는 소녀는 단진천의 여동생일 확률이 높았다.

"오라버니?"

"어디로 가는 것이냐?"

"집으로요. 금룡표국의 행렬에 합류해 돌아가는 편을 마련했습니다만 무림맹에 계속 남아 계실 것이라면… 그렇게 연락하도록 하겠습니다."

문현은 고개를 저었다. 무림맹에 계속 있을 이유는 없었다. 오히려 벗어날 곳이 있다면 벗어나는 것이 좋았다. 그것이 연공하는 데 더 안전할 것이다.

"채비를 하도록 하지."

"알겠습니다."

소미는 그렇게 대답하고는 문현을 바라보았다. 문현의 얼굴은 소미보다도 더 차가웠다. 오히려 소미의 표정이 부드러워 보일 정도이다.

"할 말이 더 있나?"

"…아니요."

"가보거라."

문현이 그렇게 말하고 등을 돌리자 소미 역시 등을 돌렸다.

"편안한 밤 되세요."

소미가 문을 닫고 나가고 나자 문현은 다시 등을 돌려 소미가 나간 문을 바라보았다.

"편안한 밤이라……."

문현은 피식 웃으면서 고개를 저었다.

"그런 밤은 이제 있을 수 없겠지."

오늘 밤은 악몽을 꿀 것 같았다.

제8장
가족

문현은 잠을 이룰 수가 없었다. 스멀스멀 기어 나오는 기분 나쁜 악몽이 그를 일으켜 세웠다.

문현은 결국 밤을 지새우며 수라역천심법을 운용해 성취를 높이는 데 주력했다. 밤새 운기한 덕분에 비록 잠을 자지는 못했지만 온몸에 활력이 넘쳤다.

성과는 분명 있었다. 단전에 차오르기 시작한 내공은 아직은 적은 양이지만 질적인 면에서는 문현의 예상을 크게 앞지르고 있었다.

'분명 구파일방의 것과 비교해도 꿀리지 않을 거야.'

허약한 육체에 큰 힘이 되어줄 것이 분명했다.

문현이 운기를 끝내며 호흡을 가다듬자 그의 주위로 자욱하게 깔려 있던 잿빛 기류가 다시 그의 몸속으로 빨려 들어왔다.

그 모습은 마치 문현이 그림자 속으로 사라졌다가 다시 나타난 것 같은 모습이다.

'역시 무림맹을 떠나는 것이 옳은 선택이겠군.'

연무장이 있기는 하나 개방된 장소여서 연공하기에는 부적합했다. 세간의 눈도 있으니 시선이 없는 장소가 필요했다.

단진천의 고향으로 가는 것이 가장 적합한 선택일 것이다. 이용할 수 있는 것은 이용해야 한다. 문현은 단진천의 모든 것을 이용할 생각이다.

문현의 눈빛이 날카롭게 빛났다. 문현은 내기를 갈무리하고 숙소 밖으로 나왔다. 챙길 짐은 없었다. 그저 전날 밤 소미가 전해준 옷 한 벌이 전부였다.

허전할 법했지만 문현은 그렇게 생각하지 않았다. 과거 그는 맨몸으로 상단을 조직하고 집안을 세웠다. 지금은 그때보다 더욱 강력한 무기를 지니고 있다.

'강한 무공이 필요하다.'

문현이 자신이 알고 있는 모든 무공을 떠올리며 천천히 숙소 밖으로 나오자 아침임에도 불구하고 숙소 밖엔 사람이 많았다. 무림맹으로 물건을 납품하는 자들이 줄을 서 있고, 무림맹에 연줄을 대려 하는 자들도 상당했다.

그들 사이로 기다리고 있는 소미가 보인다. 상단의 표사로 보이는 자들에게 둘러싸여 있는 모습이 썩 좋아 보이지 않았다. 하나 신경 쓸 필요는 없을 것이다.

"평안한 밤 되셨습니까, 오라버니?"

소미의 말에 문현은 그저 고개를 끄덕였다. 그러자 주위에 있던 표사들이 문현을 보며 비웃음을 머금었다. 문현은 굳이 그 비웃음을 정정해 주고 싶은 마음은 없었다.

"네가 단진천인가?"

"그렇소."

한 사내가 표사들을 가르며 나왔다. 차려입은 모양새가 제법 귀티가 났다. 문현이 가볍게 고개를 끄덕이며 말하자 그가 위에서부터 아래까지 단진천을 훑어보았다.

"나는 금룡표국의 표두 금진관이다. 기생오라비처럼 생겨가지고서는 말 그대로 애송이로군. 뒤처지지 말고 잘 따라오도록."

제법 오만한 자였다. 문현의 앞에서 대놓고 그를 무시하고 있었다. 문현은 옆에 서 있는 소미를 바라보았다.

"돈을 준 것인가?"

"예, 마침 제남으로 가는 길이라 하기에 은자 두 냥에 호위를 부탁했어요."

"호위라⋯⋯."

"말을 빌리려 했지만 수중에 남은 은자가 부족하여⋯⋯."

문현은 소미의 말에 고개를 끄덕였다. 무림맹에 단진천을 맡기며 막대한 자금이 들었을 것이다. 어째서 제갈소현이 금자를 빌려준 것인지는 모르지만 단문세가라는 곳은 자금난에 허덕이고 있음이 분명했다.

'단문세가의 여식이 저런 차림을 하고 있으니 알 만하군.'

수수한 차림이지만 무림맹에 오가는 여인들과 비교한다면 하늘과 땅 차이였다. 그 흔한 장신구 하나 없고 단지 나무를 어설프게 깎아 만든 팔찌만 눈에 띌 뿐이다.

소미는 문현의 시선에 불안한 듯 얼굴을 돌리며 팔찌를 만지작거렸다.

"좋군."

"네?"

"제남은 먼 길이다. 은자 두 냥이면 괜찮은 값에 흥정했다고 할 수 있겠지."

문현의 말에 소미는 얼떨떨한 표정이 되었다. 문현은 그런 기색은 신경 쓰지 않았다. 방금 그 말은 소미에게 말하는 것이기도 했지만 그저 옛 습관에서 나온 혼잣말과 비슷한 것이다. 문현은 더 말을 이으려다가 입을 닫았다. 그 습관은 희연이 홍정을 하고 오면 꼭 말해주던 것이다.

정이라는 것에, 옛 추억에 아직도 미련이 남아 있는 모양이다. 분명 나약한 생각이었다. 스스로 수라가 되기로 한 자는 따듯함을 끊어버릴 줄 알아야 한다.

'아직도 난 과거에 살고 있군. 그래, 복수란 그런 것이겠지. 과거에 얽매어 현재의 가장 소중한 자신을 망치는 어리석은 행위.'

현문 대사는 문현에게 복수란 그런 것이라고 이야기를 해준 적이 있다. 하지만 문현은 현문 대사의 그 가르침은 이미 마음에서 지웠다. 자신을 버려 악귀가 되기로 한 순간부터 말이다.

"출발한다!"

표두의 목소리에 쟁자수들이 짐을 챙겼고, 마차가 출발하기 시작했다. 마차 안에는 상단의 중요 인물이 타고 있을 것이다. 하나 마주칠 일은 없겠지. 문현이 배정받은 위치는 쟁자수의 행렬 끝부분이었다.

'잘됐군. 부족한 체력을 보충할 수 있겠어.'

문현에게는 잘된 일이었다. 본격적으로 무공 수행을 할 수는 없겠지만 생각을 정리할 시간이 필요했다. 그가 알고 있는 것, 그리고 익혀야 하는 것들에 대해서 말이다.

'사법, 그것을 정리해야만 한다.'

문현의 머릿속에 떠돌아다니는 방대한 사술의 지식은 정리가 필요했다. 계획을 세우는 데 있어 필요한 것, 쓸모없는 것을 걸러내어 완벽히 자신의 것으로 만들어야 했다.

'고수는 많다. 지존이라 불리는 고수가 무려 셋이나 있었지. 하지만 사술의 끝을 아는 자는 존재하지 않을 것이다.'

자신이 무공의 고수가 되고 사술을 자유자재로 다룬다면 자신의 적수는 존재하지 않을 것이다. 문현은 주먹을 불끈 쥐었다. 하나 겉으로 그의 마음이 드러나지는 않았다. 그저 묵묵히 걷고 있는 것으로 보였다.

소미가 그런 문현을 힐끔힐끔 바라보았다. 문현은 그런 소미의 행동에서 무언가 있음을 짐작했다.

'두 달 동안 병석에 누워 있었다. 회복이 되었다고는 하지만 먼 길을 감당하기에는 부족하다고 생각하겠지.'

단진천은 내상까지 입고 있었다. 지금은 모두 회복되었고 큰 힘을 얻었지만 소미는 그것을 알지 못할 것이다.

문현이 판단한 소미는 어리석지 않은 여자였다. 문현은 어쩌면 소미가 단진천이 앓아눕기를 바라고 있는 것이 아닌가 하는 생각이 들었다.

'하긴 소문의 단진천은 구제불능의 망나니였으니까.'

제법 알아주던 단문세가의 가세를 한순간에 기울게 만든 놈이니 어쩌면 사라지는 편이 나을지도 몰랐다. 문현은 소미의 눈망울에서 일순간 스치는 원망을 읽을 수 있었다.

'그래도 특별히 해할 의도는 없어 보이는군. 경계할 필요는 없겠어.'

계속해서 자신의 안색을 살피는 것을 보니 그리 모질지는 않은 아이 같았다.

문현은 아무 말 없이 쟁자수를 따라 걸었다. 달그락거리는 바퀴 소리가 제법 즐겁게 들렸다. 내공을 일으키지 않고 순수한 체력으로만 걸었기에 그의 이마에는 땀이 흐르고 있었다. 그런 문현과는 달리 소미는 힘든 기색이 보이지 않았다. 문현은 소미의 걸음걸이를 보고 경공이 상당한 수준에 이르렀음을 짐작할 수 있었다.

'어린 나이에 제법 뛰어나군.'

물론 일전에 마주친 제갈소현이라는 여인에 비하면 많이 부족했다. 제갈소현은 문현이 보기에도 제법 비범한 구석이 많아 보였다.

'골치 아픈 걸림돌이 될지도 모르겠어.'

여자라 하더라도 자신을 방해한다면 용서하지 않을 것이다.

"많이… 달라지셨군요."

"……."

문현은 대답하지 않았다.

"어머니께서 많이 걱정하셨습니다."

"……."

"그리고……."

소미가 조금은 어색하게 말을 건넸다. 문현은 소미를 바라보았다. 소미의 말에는 진정성이 없었다. 그저 껍데기를 보여주는 것에 불과했다. 남매의 대화라면 이렇지 않을 것이다. 그것은 문현이 누구보다 잘 알고 있었다.

문현이 천천히 입을 떼었다.

"나와 대화를 하고 싶은 건가?"

"…아니요."

"그럼 그렇게 해라."

문현이 소미에게서 시선을 거두자 소미 역시 아무 말 없이 걸음을 옮겼다.

*   *   *

제남으로 가는 길은 평탄하다고 할 수 있었다. 문현은 그 누구와도 말을 섞지 않으며 그저 자신을 관조하는 데 힘을 쏟았다.

'사술, 이것도 하나의 학문이다.'

사법의 비술을 몸소 겪었지만 그럼에도 사술을 무시하는

경향이 있었다. 하지만 생각을 정리하면 할수록 사술의 진가가 드러났다.

'과연 사법이라 불릴 만하군.'

한낱 사술이라 생각하며 무시한 자신이 어리석었음을 깨달았다. 그러면서 사법을 만든 이가 일대종사만큼이나 대단해 보였다.

그 중구난방인 사술을 하나의 체계로 묶었을 뿐만 아니라 그 위력과 쓰임의 용도를 발전시킨 것이다. 하나의 법도(法道)라고 칭해도 무방했다.

'정도(正道)의 것도 쓰임이 사악하면 사술이라 칭해도 무방하지 않은가?'

그렇다면 사술 역시 쓰임이 올바르다면 사술로 칭할 까닭이 없었다.

"하하하, 그래서 내가 어떻게 한 줄 아는가?"

"모르겠네요."

"검을 딱 뽑으니까 산적 놈들이 오줌을 지리고는……."

옆에서 들려오는 시끄러운 소리에 문현은 살짝 얼굴을 찡그렸다. 소음의 진원지는 길을 떠난 지 보름이 넘는 시점부터 소미 옆에 따라붙어 있는 호위 무사였다. 마차 옆에서 호위하고 있었는데 소미의 옆에 딱 붙어서는 자신의 무용담을 자랑하는 데 여념이 없었다.

소미는 그를 거절하지 않았다. 오히려 적절히 대답하며 맞장구를 쳐 주고 있었다.

"남자는 역시 힘이지. 안 그렇소?"

문현에게 남자가 물었다. 문현은 딱히 대답해 줄 필요성을 느끼지 못했다.

"허어, 그렇게 비실대서야 어디 단 소저를 지킬 수 있겠소? 안 그렇소, 표사님들?"

문현은 근육의 움직임을 머릿속에 새기면서 조금은 느릿하게 걷고 있었다. 남자의 눈에는 체력이 부족해 비실거리는 것으로 보인 모양이다.

남자가 주위에 있는 표사들에게 동의를 구하자 표사들이 고개를 끄덕였다.

"장 호위가 잘 아는구만! 사내는 사내다운 것이 최고지!"

"단 소협은 계집애들 기둥서방이나 하면 딱이겠소! 얼굴이 곱상한 게 말이오! 하하하!"

"그렇게 되면 여자 좀 소개시켜 주구려!"

문현은 조용히 사법과 무공을 떠올리며 연구할 뿐 대꾸하지 않았다. 심상으로 수련하고 있는 것이다. 절정 고수라도 쉽게 할 수 없는 일을 문현은 차근차근 해내고 있었다.

문현이 그저 무시로 일관하자 노골적으로 그를 모욕하는 자들이 많아졌다.

"조금 시끄럽군. 자중하라."

"헤헤, 표두님도 그렇게 생각하지 않습니까?"

"흠, 그건 그렇지. 남창에서나 인기 있겠군."

표두도 말리는 시늉만 할 뿐 가담하고 있었다.

'오합지졸이군.'

문현은 그들을 보며 그렇게 결론 내렸다.

마차 안에 타고 있는 자가 무림맹과의 거래에서 크게 이득을 본 것 같았다. 수레에는 제법 많은 양의 은자가 실려 있고 쟁자수들도 큰 짐을 가득 메고 있었다.

마차 안의 인물은 분명 상당히 존귀한 신분일 것이다. 무림맹과의 거래를 위해 직접 온 것을 보면 핵심 인물임이 틀림없었다.

그런 중요한 인물과 성과물을 두고서 저리 기강이 빠져 있는 것을 보면 언젠가 큰 사달이 날 것이 분명했다. 이들 중에서 그 오만함을 받쳐 줄 만한 고수는 없어 보였다.

'인적이 드문 길이다. 지름길임은 분명하지만 산세가 가파르고 휴식을 취할 곳이 마땅치 않으니 쟁자수들이 속도를 못 내고 있어.'

표두가 직접 길을 이끌고 있었다. 급한 일이 있지 않는 이상 이런 길로 가는 것은 올바른 판단이 아니었다.

'게다가 수상하군.'

표두라는 자는 숲을 힐끔거리면서 가끔씩 품에서 지도를 꺼내보았다. 양가죽으로 된 지도였는데 급조한 티가 났다. 그 말은 초행길이라는 말이다.

'신경 쓸 것 없겠지. 방해만 받지 않으면 되니 말이야.'

다만 어느 정도는 대비를 해놓는 것이 좋았다. 문현은 틈만 생기면 멀찍이 떨어져서 운기를 했다. 수라역천심법이 운용될 때마다 몸속의 노폐물이 녹으며 피가 맑아졌다. 다만 사혼단이 점점 더 존재감을 드러내며 문현과 힘겨루기를 계속했다.

수라역천심법을 운용한다는 것은 곧 사혼단과 치열한 싸움을 한다는 말과 일통했다.

사혼단은 선천지기, 후천지기와는 다른, 그야말로 혼천진기였다. 문현의 혼백 속에 각인되어 있기에 결코 떨어질 수 없는 것이다.

'사혼단이 몸을 장악한다면… 악귀가 될지도 모르겠군.'

문현은 사혼단이 있으면 심마가 찾아오지 않는다는 것을 깨달았다. 하지만 사혼단 그 자체가 가장 큰 심마이고 악귀였다. 문현은 사혼단을 자신의 것으로 완전히 복속시켜야 할 필요성을 느끼고 있었다.

다루지 못하는 힘은 불완전한 변수였다.

"멈춰! 쉬었다 간다!"

표두의 말에 모두 멈춰 섰다. 휴식을 취하기에는 좋지 않은 지형이다. 양옆으로는 깊은 숲이 펼쳐져 있고 앞의 길은 좁아졌다. 마차와 수레를 돌리기에는 힘든 조건이다. 하지만 표두의 말에 모두가 오히려 웃고 떠들며 휴식을 취하기 시작했다.

호위의 수다에 휘말려 있던 소미는 문현이 쟁자수들과 멀찍이 떨어져 앉자 그의 옆으로 다가왔다.

"오라버니."

문현이 고개를 돌려 소미를 바라보았다. 소미는 여전히 무표정한 얼굴로 그를 바라보았다.

"왜 참으시는 겁니까?"

"무엇을 말이냐?"

"평소의 오라버니라면… 크게 화를 내셨을 겁니다."

"그래야 하느냐?"

소미는 대답하지 못했다. 그간의 여정이 무언가 기대한 것과는 다른 모양이다.

"내가 저들에게 밉보이는 것을 통쾌해하지 않았더냐. 그 이상을 바라는가?"

"아, 아니, 전 그런 적이……."

"그렇지 않다면 저들에게 불필요한 대답을 해 나를 엮을 필요는 없었겠지."

소미의 두 눈이 흔들렸다. 그것은 그녀가 처음 겪는 감정임에 틀림없었다.

"오라버니는… 오라버니가 맞나요? 어떻게 아시는 건가요? 그럴 리가 없는데… 왜……."

"아직 어리군."

소미의 격해진 감정에서 나온 말을 문현이 그렇게 말하며 잘랐다. 문현의 말엔 일말의 따듯함도 존재하지 않았다. 살이 떨릴 정도로 차가웠다.

"너는 결코 옳지 않다."

"오라버니가… 오라버니가 한 일들이… 어머니와 식솔들을 그토록 괴롭게 했는데……."

문현은 소미의 말을 무시하려 했다. 소미와 좋은 관계를 유지할 이유는 없었다. 오히려 단진천을 원망하며 스스로를 채찍질하는 것이 더욱 좋은 가림막이 되어줄 것이다.

하나 왜인지 눈물을 보이는 소미를 보니 희연이 떠올랐다.

"너는 나와 똑같군. 아니, 더 나쁜 부류다. 나를 증오해 복수를 하고 싶다고 해도 그 방법이 잘못되었다. 너는 정당하게 나를 깔아뭉개야 했다. 어리석고 치졸하군."

"아니야! 나는……!"

"남의 목소리와 폭력을 빌려 사람을 매장시키는 것, 그건 시정잡배나 하는 짓이다."

소미는 고개를 떨구었다. 문현은 그런 소미를 바라보다가 시선을 돌렸다. 소미에게 말하면서도 스스로 모순을 느꼈다.

'정당한 방법이라……. 그럴 수는 없겠지.'

정당한 복수의 방법이 무엇일까? 스스로 그렇게 내뱉으면서도 자신조차 몰랐다. 결국 자신도 어리석고 치졸한 자였다. 소미에게 하는 말이 아니라 자신에게 하는 말일지도 몰랐다.

소미가 자신의 치맛단을 꽉 잡고 눈물 맺힌 눈으로 문현을 바라보며 입을 떼었다.

"저, 저는……."

"스, 습격이다! 으, 으아악!"

소미는 말을 이을 수 없었다. 갑작스럽게 들린 목소리에 소란스러워졌기 때문이다. 복면을 한 괴인들이 갑작스럽게 난입하여 표사 하나를 순식간에 베어 넘겼다.

'단순한 산적은 아니군.'

난입한 숫자는 표사들에 비하면 적은 수였다. 마차를 호위하고 있던 호위 무사가 검을 뽑으며 복면인에게 겨누었다.

"누구길래 감히 이런 악행을 벌이는 것인가!"

"들던 대로군. 아주 좋아."

복면인은 그렇게 말하며 호위 무사와 표사들을 한 차례씩 바라보았다. 문현은 침착하게 상황을 파악하고 있었지만 소미는 내공을 일으키며 마차 쪽으로 다가가려 했다.

"상황을 지켜보는 편이 좋을 것이다."

"…무가의 여식으로서 그럴 수는 없습니다."

"냉정하게 행동하는 편이……."

문현에 대한 반항심 때문이었을까? 소미는 문현의 말을 듣지도 않고 그대로 경공을 시전해 마차 옆에 섰다. 그런 소미를 바라보는 복면인의 눈빛에 탐욕이 일렁였다.

"흐흐, 이거 제법 좋은 계집도 있구나!"

"네놈! 우릴 무시하는 것이냐! 감히 어느 안전이라고……!"

"수고했소, 장 표두."

복면인이 그렇게 말하기가 무섭게 표두는 검을 뽑더니 주변에 있는 호위 무사를 베어 넘기기 시작했다. 그와 동시에 표사들이 눈빛을 바꾸어 검을 뽑더니 마차를 포위했다.

"자, 장 표두님, 어째서… 커억!"

표두는 얼떨떨한 표정의 표사 하나를 지체 없이 베어버렸다. 열이 넘는 표사가 복면인에 합세했고, 남은 자는 마차를 호위하고 있는 두 명의 호위 무사뿐이었다. 쟁자수들은 식은 땀을 흘리면서 도망갈 궁리를 하고 있었다.

당황한 것은 소미 역시 마찬가지였다. 호위 무사들 사이에서 이러지도 저러지도 못하며 낭패한 표정을 지었다.

문현은 돌아가는 상황을 주시하고 있었다. 제법 골치 아픈 일이 벌어졌다.

'표물을 노린 것이었나. 아니, 표물만이 아니군.'

막대한 양의 표물과 함께 마차 안의 인물 역시 노린 모양이다. 표사들의 대부분이 복면인과 한패인 듯 보였고, 쟁자수들의 겁먹은 표정을 보니 쟁자수들은 상관없어 보였다.

'열다섯이 넘어가는 숫자다. 내가 가담한다고 해도 상대할 수 없어.'

호위 무사들이 주춤거리며 마차에 바짝 붙어 섰다. 표두와 표사들은 비릿한 웃음을 머금더니 호위 무사들에게 칼을 겨누었다.

"여자는 살려두고 모조리 죽여라!"

그렇게 말한 표두의 검에 희미한 푸른빛이 감돌았다. 검기상인(劍氣傷人)의 경지까지는 아니지만 수행이 상당히 깊은 자였다. 일류를 벗어난 절정의 기세가 뿜어져 나왔다. 문현이 보기에도 대단한 고수였다.

"으, 으아악! 도망쳐!"

"사, 살려주세요!"

쟁자수들이 짐을 버리며 뒷길로 빠져나가려 하자 매복해 있던 복면인이 튀어나오며 쟁자수들을 베어 넘겼다.

'마가 끼었군.'

문현은 그렇게 생각할 수밖에 없었다. 정말이지 숭산으로 들어간 이후부터 좋지 않은 일뿐이다.

"감히 이러고도 무사할 성싶으냐! 무림맹에서……."

"알고 있으니 잔말 말고 죽어라!"

상황은 순식간에 정리되었다. 호위 무사가 반항하며 검법을 전개했지만 안타깝게도 숫자가 너무 압도적이었다. 호위 무사 역시 절정에 이른 기량을 보여주었지만 경험이 미천해 보였다.

복면인과 표사들, 그리고 표두까지 합류하자 두 호위 무사의 몸이 잘려 나가며 바닥에 쓰러졌다.

싸우기 전부터 이미 기세가 꺾여 있었다.

소미 역시 반항을 해보았지만 표두에게 혈을 짚으며 제압당했다.

"노리는 것은 표물과 저인가요?"

마차에서 내린 여인이 물었다. 빼어난 미색을 갖춘 여인이다.

"표국은… 위장이었군요, 처음부터."

"아가씨, 너무 섭섭하게 생각하지 마시구려. 우리같이 칼밥 먹고 사는 놈들이 언제 그런 큰돈을 만져보겠소. 하하하!"

"원하는 것을 모두 드릴 테니 나머지 분들은 살려주세요."

여인이 그렇게 말하자 표두가 그녀를 바라보며 웃었다.

"무릎을 꿇으시오."

"…알겠어요."

여인이 무릎을 꿇자 표두가 여인을 제압하고 진한 미소를 지었다.

"모두 죽이고 물건을 챙겨라."

"그, 그런! 약속은……!"

"약속한 적 없소만? 크흐흐!"

표두가 여인의 수혈을 짚었다. 여인이 힘없이 쓰러졌다.

"호호, 표두님, 그럼 오늘 회포를 풀게 해주시는 것입니까?"

"깔끔하게 죽이고 오면 생각해 보도록 하지. 순서를 기다려
야겠지만 말이야. 하하하!"

표사들이 쟁자수와 문현을 향해 검을 겨누었다. 복면인들
은 표물을 챙겨 숲 속으로 사라졌다.

"흔적을 지우고 오도록."

소미와 여인을 바라보던 표두는 몇몇 표사와 함께 그녀들
을 데리고 사라졌다. 남은 숫자는 일곱이다. 일곱이라고 하여
도 쟁자수들을 모조리 죽이고도 남을 숫자였다.

'숫자가 줄었군. 도주하기에는 지금이 적기다.'

정체불명의 복면인들이 빠지고 표사들이 방심하고 있는 지
금 몸을 날린다면 충분히 따돌릴 수 있을 것이다. 문현이 침
착하게 상황을 파악한 것도 이 틈을 위해서였다.

'고수들의 추격에서도 살아남은 나다. 그러한 고수도 아닌
오합지졸 따위로는 날 찾아낼 수 없을 거야.'

쟁자수들 사이에 섞여 있던 문현은 슬쩍 몸을 뒤로 뺐다.
웃고 떠드느라 표사들은 문현의 움직임을 눈치채지 못했다.

"이, 이보게, 우, 우, 우릴 모두 죽일 생각인가 보네."

"크, 크흑! 이번 일만 끝나면 쟁자수 일 따위는 관두려 했건만⋯⋯."

"흑흑! 죽기 싫어!"

쟁자수의 흐느낌에 문현의 발이 잠시 멈칫했다. 살고 싶다는 말이 문현의 발목을 잡은 것이다. 그 목소리는 그날 자신이 수도 없이 외친 목소리인지도 몰랐다.

누군가 자신을 구해주기를 바랐다. 분명 그랬다.

'끊어버릴 수 없는 건가? 단지 미련인가?'

몸을 뺄 시기를 놓친 문현이 우두커니 서 있자 표사들이 문현을 보며 다가왔다.

"지 동생이 잡혀가도 꿈쩍도 안 하네?"

"겁먹고 오줌이라도 지린 거 아냐?"

"잘 모셔주라고. 내 형님이 될지도 모르니까. 하하하!"

표사 둘이 검을 어깨에 걸치며 문현의 앞으로 다가왔다. 문현은 어깨를 움츠리며 겁먹은 시늉을 했다. 그러자 표사의 비웃음이 더욱 짙어졌다.

표사는 그런 문현을 쉽게 죽이고 싶지 않았다. 처절하게 괴롭히다가 죽이고 싶어졌다. 표사가 검을 내리는 순간, 문현이 눈을 빛냈다.

내공을 끌어올리며 순간 두 주먹을 내질렀다. 내공이 넓은 혈맥을 타고 폭발적으로 뿜어져 나오며 바람을 갈랐다.

퍼엉!!

두 주먹이 두 표사의 가슴을 때렸다.

"커어억!"

"컥!"

뒤로 나자빠진 표사의 얼굴이 푸르게 변하더니 그대로 피를 토하며 축 늘어졌다.

굉장한 힘이었다. 문현은 생각보다 강한 위력에 조금은 얼떨떨한 기분이 들었다. 방금 내지른 주먹은 육합권법의 초식이었지만 그 위력은 그에 비할 바가 아니었다.

"무, 무슨······!"

"저, 저놈이······!"

표사 다섯이 달려들었다. 문현은 자세를 낮추며 바닥의 흙을 손에 쥐었다.

휘익!

가장 가까운 표사의 눈에 흙을 뿌리자 표사가 움찔거리며 자세가 흐트러졌다. 문현은 부드럽게 바닥을 밟으며 강하게 그의 명치를 향해 주먹을 뻗었다.

콰드득!

갈비뼈가 으작 나는 소리와 함께 표사가 부르르 떨면서 바닥에 쓰러졌다.

'몸놀림이 놀랍도록 가볍다. 이것이… 무학인가?'

요행이 섞이기는 했지만 셋을 순식간에 처리했다. 놈들이 방심하지 않았다면 이러한 결과는 내지 못했을 것이다.

"비, 비겁한……!"

표사 중 하나가 주춤거리며 말했다. 문현은 그를 노골적으로 비웃었다.

"겁먹어 오줌이라도 지렸나?"

"네, 네놈……!"

문현의 도발에 진열을 정비하지도 않고 표사 하나가 달려들었다. 날카로운 검법이 시전되며 문현을 압박했다. 검에는 예기가 섞여 있고 초식의 연계는 빨랐다.

'틈이 많다.'

문현은 그것을 꿰뚫어 보았다. 표사의 경지는 과거의 문현보다 높은 수준이었다. 그런 표사의 초식을 가볍게 피하고 있는 자신이 신기하게 느껴졌다.

수라역천심법은 문현의 보법에도 자연스럽게 섞여 들어갔다. 수라역천심법의 깊은 묘리가 보법에 섞여 들자 움직임이 마치 그림자의 일렁거림을 보는 것 같았다.

'갈대처럼 흔들려라. 흔들리지만 그 뿌리는 분명 땅에 박고 있을 것이다.'

문현의 머릿속에 구결이 떠올랐다. 문현의 움직임이 더욱 자유로워졌다. 문현의 보법은 분명 낭인들이 주로 쓰는 삼류를 벗어나지 못한 것이다. 하지만 지금의 모습은 결코 삼류가 아니었다.

문현은 무아지경 속에서 표사의 칼을 피했다.

"고, 고수?!"

"한꺼번에 덮쳐!"

다른 표사들의 목소리가 들려오자 문현은 무아지경에서 깨어났다. 무언가 더 진일보할 수 있을 기회를 놓친 것 같았지만 문현은 아쉬움을 빠르게 정리했다.

다른 표사들이 합류하기 전에 끝내야 했다. 문현은 절정 고수가 아니었다. 다수와의 싸움은 그에게 치명적이었다.

까앙!

어깨를 베어오는 검을 손날로 후려치자 표사의 몸이 옆으로 휘청거렸다. 문현은 허리를 비틀며 그대로 놈의 턱에 주먹을 꽂아 넣었다.

문현이 혼기라 부르는 내공은 어마어마한 위력을 발휘하였고, 그의 턱을 단숨에 부수어 버렸다. 그뿐만 아니라 침투한 혼기가 그의 정신을 단번에 앗아가 버렸다.

표사의 턱이 부서지고 큰 내상을 입은 것을 문현은 파악했다.

'심법의 특수함인가, 아니면 사혼단의 위력인가?'

침투경의 묘리를 익히기에 문현의 경지는 낮았다. 그렇기에 무인에게 치명적인 내상을 입히는 것은 대단한 일이다.

휘이익!

"죽어!!"

셋이 덮쳐 왔다. 말만 표사가 아닌 듯 셋은 서로 연계하며 문현을 압박해 왔다. 문현은 뒤로 밀려나며 쉴 새 없이 뻗고 베어오는 검을 피해야만 했다.

'검진(劍陣)인가?'

표사의 검이 문현의 옷자락을 베었다. 살짝 피가 흘러나오자 표사가 웃었다. 수세에 몰린 문현은 그들의 빈틈을 노려야 했다.

'정공법은 안 돼.'

셋의 검을 몸으로 받아내는 것은 자살행위였다. 보법을 펼치며 피하는 것만으로도 버거웠기에 문현은 다른 선택을 해야 했다.

문현은 뒤로 이동하다가 발밑에 있는 표사의 시체를 바라보았다. 표사의 시체를 강하게 발로 차자 검진을 펼치던 셋이 당황하며 날아오는 시체를 베었다.

푸악!!

핏물이 흩뿌려지며 그들의 시야를 가렸다. 정면에 있던 표사의 눈동자가 커졌다. 비처럼 흘러내리는 핏물을 가르며 날카로운 주먹이 눈앞으로 다가온 것이다. 그 모습이 무척이나 느리게 느껴졌지만 그것은 일순간이었다.

퍼억!

문현의 주먹을 맞은 표사의 얼굴이 짓이겨지며 목이 꺾였다.

후드득!

문현은 흘러내리는 피를 맞으며 남은 표사 둘을 바라보았다. 두 표사는 그런 문현의 모습에 흠칫 몸을 떨었다.

문현이 피에 젖어 자신들을 살기 어린 눈으로 바라보고 있었다.

"아, 악귀……!"

표사의 검을 든 손이 덜덜 떨리자 눈치를 보고 있던 쟁자수들이 표사를 덮쳤다.

"크, 크아악!"

"잡아!"

"없애 버려!"

쟁자수들이 표사를 몸으로 덮쳐 마구 짓밟기 시작했다. 표사가 일어나기 전에 문현은 그의 목을 밟아 부러뜨렸다.

남은 표사가 눈치를 보며 도망가려 했다.

하나 문현이 그를 가로막았다. 그가 덜덜 떨면서 검을 바닥에 떨어뜨렸다.

"사, 살려주시오! 그, 그저 장 표두의 말을 따른 것뿐이오!"

표사가 덜덜 떨며 말하자 쟁자수들이 분노에 찬 눈으로 그를 바라보았다.

"이 빌어 처먹을 놈아!"

"재물에 눈이 멀어 이런 끔찍한 일을 벌이다니!"

"하늘이 무섭지도 않느냐!"

쟁자수들의 살기 어린 외침이다. 당장 때려죽이려 하는 것을 문현이 말렸다. 그는 분명 쓸모가 있을 것이다. 문현의 행동에 쟁자수들이 흥분을 가라앉혔다.

"과, 과연 대인배이시오, 단 대협!"

"이 은혜를 어찌……."

피범벅이 된 문현의 모습을 떨리는 눈으로 바라보면서도 쟁자수들은 문현에게 고개를 숙여 감사를 표했다. 눈물을 보이는 자도 있었다.

"가서 알리시오. 아직 저들이 눈치채지 못했으니 빠르게 벗어난다면 능히 도주할 수 있을 것이오."

"저… 대협께서는……?"

"이자에게 물어볼 것이 있소. 가시오. 더 이상 도와줄 수 없소."

쟁자수들은 서로 눈치를 보더니 빠르게 도주하기 시작했다. 아직 자신들을 죽이려 한 놈들이 이 숲 어딘가에 있을 것이니 빨리 벗어나고 싶었던 것이다. 문현은 쟁자수들이 사라지자 덜덜 떨고 있는 표사를 바라보았다.

"다, 다 말하겠소! 이, 이것도 드리겠소!"

표사는 품을 뒤적거려 은자가 담겨 있는 가죽 주머니를 문현에게 건넸다. 적어도 은자 열 냥은 되어 보였다. 이곳저곳에서 많이도 처먹은 모양이다.

'돈이라……'

문현이 주머니를 받아 들고 품에 넣자 표사의 얼굴에 희망이 싹텄다.

문현이 손이 그의 목을 잡았다.

"컥! 사, 살려준다고… 하지 않았소? 커억!"

"그런 약조는 한 적이 없다."

문현의 말에 표사는 덜덜 떨며 눈물을 흘렸다. 표사는 이미 대항할 마음이 없는 상태였다. 겁먹은 두 눈은 쉴 새 없이 흔들리고 오줌까지 지리고 있었다.

무인답지 않게 겁이 많은 자였다.

'사법 중에서 쓸 만한 게 있었지.'

문현은 수라역천심법을 일으키며 사법을 머릿속에 떠올렸다. 수라역천심법을 이용하여 사법을 행하는 것은 시행해 본 적이 없지만 사혼단이 섞여 든 내공 혼기라면 충분히 가능할 것 같았다.

'보통은 사기를 모으기 위한 행위가 필요하지만 사혼단이 있으니 필요 없겠군.'

문현은 섭혼술을 펼쳤다.

문현의 심장 부근에 있는 사혼단이 꿈틀거리는가 싶더니 혈맥을 역류하기 시작했다.

문현이 침착하게 수라역천심법을 운용하자 내력과 섞이더니 그의 손에서 뿜어지듯 솟구쳐 나왔다.

검은 연기가 뿜어지기 무섭게 문현의 안광이 번뜩였다. 사혼단의 기운이 마치 기생충처럼 표사의 몸속을 파고들었다.

"아, 아아……!"

표사가 몸을 부르르 떨며 엄청난 고통으로 입에 거품을 물었다. 문현은 표사의 혼백이 사기(邪氣)에 의해 제압당했음을 알 수 있었다.

표사가 시체처럼 축 늘어지는가 싶더니 문현의 앞에 다시 섰다.

'된 것인가?'

처음 행해보는 사술이다. 섭혼술은 마교에서도 찾아볼 수 있지만 그것은 색공을 근간으로 하는 미혼술에 가까웠다. 때문에 완벽히 상대를 제압할 수 없고 오랜 기간 유지할 수 없었다. 십중팔구 백치가 되거나 죽고 말았다.

하지만 문현이 행한 것은 달랐다.

사람의 육체와 혼백을 사기로 잡아두는 완벽한 섭혼술이 방금 문현의 손에서 펼쳐진 것이다.

"이름은?"

"도운갑이라 합니다."

"내가 누구지?"

운갑이 문현 앞에 부복했다.

"저의 하늘이시자 하나뿐인 주군이십니다."

"내가 어떻게 그것을 믿지?"

문현이 묻자 운갑이 검을 들어 자신의 목에 대었다. 검날을 따라 피가 흘러나오고 있다.

"이 목숨을 바쳐 증명하겠습니다."

"되었다."

문현은 섭혼술의 위력에 크게 놀랐다.

단지 정보를 빼내려고 행한 것인데 운갑의 상태를 보니 이지가 확실히 살아 있었다.

문현은 운갑의 몸을 장악하기 시작한 사기를 읽을 수 있었다. 마치 자신의 몸을 관조하듯 느낄 수 있었다. 문현이 사기를 회수한다면 운갑은 분명 죽을 것이다.

"말해라. 이와 관련된 모든 것을."

"존명!"

운갑은 감히 문현의 눈을 바라볼 생각도 하지 못했다. 고개를 숙이며 자신이 알고 있는 모든 것을 말하기 시작했다.

*　　　*　　　*

소미는 절망을 느꼈다. 복면인과 표사들이 자신을 살려둘 리 없었다. 소미를 음습한 동굴로 끌고 온 그들은 복면을 벗으며 만면에 웃음을 머금었다.

그도 그럴 것이 굉장한 수확이었다. 재물뿐만 아니라 황보세가의 여식을 사로잡았으니 그 가치는 무궁무진했다.

"장 표두, 아니, 장 대협, 수고 많으셨소."

"수고랄 것까지 있겠소. 식은 죽 먹기였소만. 하하하! 우리의 뒤를 봐주시는 분이 계신데 무에 어렵겠소."

"참으로 든든하오."

소미는 이들이 단순한 강도가 아님을 알아차렸다. 은신처까지 마련해 놓은 것을 보면 계획적인 일이 분명하고 목표가 뚜렷했다.

'나는……'

사람을 안다고 생각했다. 인생의 쓴맛을 너무나 잘 안다고 생각했다.

사람 좋은 표정을 지으면서 자신에게 호의를 보여준 표사들이다. 그들은 못난 오라비 밑에서 고생한다면서 위로를 해

주었다. 모두 거짓된 얼굴로 말이다. 소미는 직접적으로 말은 하지는 않았지만 은근히 진천과 엮으며 괴롭힐 만한 구도를 만들었다.

저런 악적들에게 말이다.

'다 내 잘못이야. 벌을 받는 거야. 나 때문에……'

소미의 차가운 얼굴이 일그러지며 두 눈에 눈물이 맺혔다. 그의 오라버니는 분명 죽었을 것이다.

두 달이나 누워 있던 허약한 몸이다. 게다가 내상 역시 다 낫지 않았을 것이다.

그런 그를 일부러 고단한 길로 안내했을 뿐만 아니라 모욕과 망신을 주었다. 그리고 목숨을 잃게 했다.

'저승에서 만난다면… 대화를 해보고 싶어.'

어릴 적에는 같이 뛰어놀곤 했다. 하나 나이가 들고 단진천이 밖으로 나돌아 다니기 시작하면서 소미와 단진천 사이에는 교류가 전혀 없었다.

그저 형식적으로 안부를 묻는 것이 고작이었다. 소미는 단진천을 노골적으로 무시했고, 단진천은 그런 소미를 싫어하며 피했다.

표두와 이야기를 나누고 있던 거구의 사내가 소미에게 다가와 소미의 얼굴을 잡아챘다.

"아직 여물지 않았지만 미색이 꽤 대단하군."

"하하, 곽 대협, 꽤나 취향이 좋으십니다."

"흠, 황보세가의 여자를 살려오라는 말은 없었으니 노리개로 써도 무방할 것 같소. 장 대협께 양보해 드리겠소."

"하하하!"

소미의 옆에 있는 여인은 이미 깨어 둘의 대화를 듣고는 몸을 부들부들 떨며 분노했지만 어쩔 도리가 없었다.

이미 혈이 짚어 내공을 쓸 수 없었다. 아혈도 짚였기에 말도 할 수 없었다.

표두가 여인에게 다가와 아혈을 풀어주었다. 그러고는 그녀의 몸을 우악스럽게 더듬었다.

"이, 이 악적! 하늘이 무섭지도 않느냐!"

"반항하는 모습이 참으로 매력적이군. 두고두고 즐겨야겠어."

"하하, 장 대협, 일단 일이 완벽히 마무리된 것을 확인하는 것이 우선일 것 같소."

"역시 곽 대협! 철두철미하시구려. 그렇게 하도록 합시다. 오늘 밤은 길 테니 말이오."

거구의 사내가 손짓하자 은자더미를 만지작거리던 그의 부하들이 소미와 여인의 혈을 짚어 기절을 시켰다.

제9장
이긴다는 것

　문현은 운갑에게 이번 일의 전모를 들을 수 있었다. 꽤나 일이 복잡하게 얽혀 있었다. 황보세가를 쳐 내고 제남의 이권을 장악하기 위한 첫 단추였다.

　운갑은 정체는 잘 모르지만 굉장히 큰 세력이 자신들의 뒤를 봐주고 있다고 했다. 본래 그는 사파에 몸담고 있었지만 사파 연맹이 와해된 후 낭인으로 떠돌아다녔다고 한다. 그를 불러 모은 것은 알 수 없는 세력이었다.

　낭인이 되거나 무림의 공적이 되어 쫓기는 사파의 무림인들은 대우가 좋은 그들의 손에 장악되고 있다고 한다.

'무림맹은 아닌 것 같고……'

짐작되는 집단이 있었다. 하지만 아직은 섣불리 판단을 내릴 때가 아니었다. 차분하게 알아보는 것이 좋을 것 같았다.

'구해줘야 하나?'

그들은 문현의 얼굴을 알고 있다. 그리고 단문세가라는 것도 알고 있다. 소미가 이곳까지 이동하면서 제법 많은 정보를 그들에게 준 것이다. 게다가 그들의 무사를 없앴으니 이 자리에서 이대로 벗어나는 것은 곤란했다.

'황보세가에 빚을 지워두는 것도 좋겠지.'

무림맹과도 관계가 그리 좋아 보이지 않았다. 그랬다면 이런 사달이 일어나지도 않았을 것이다. 그들이 무림맹에 무엇을 팔고 제물을 취했는지는 모르지만 이 사달이 일어난 것도 그와 관계가 있어 보였다. 복잡하게 얽혀 있는 무언가가 존재했다.

'마가 낀 것이 확실해.'

사혼단이 혹시 그 원흉이 아닐까? 문현은 그런 생각에 피식 웃고는 고개를 설레설레 내저었다. 문현은 자신의 앞에 부복하고 있는 운갑을 바라보았다. 운갑은 적들이 일차적으로 갈은신처의 위치를 알고 있었다.

그들은 오늘 밤을 그곳에서 넘길 것이다.

'어쨌든 오늘 밤이 지나기 전에 끝을 봐야겠군.'

다른 곳으로 이동한다면 적의 숫자가 더욱 증원될지도 몰랐다. 정면으로 맞붙는다면 백번 죽었다 살아나도 문현은 그들을 당해낼 수 없었다.

'이마저도 극복 못 한다면 복수를 꿈꿀 수 없겠지.'

위기를 기회로 삼는 자만이 대업을 이룰 수 있었다. 사법을 시험해 볼 좋은 무대가 마련된 것인지도 몰랐다. 그들은 문현의 치명적인 무기를 전혀 예상할 수 없을 것이다.

처절히 시험해 줄 것이다. 인간으로 취급해 줄 이유가 없었다.

'나는 살아남는다.'

문현의 눈빛이 날카롭게 빛났다.

"유인하는 것이 좋겠군. 허를 찌른다."

"존명!"

문현이 운갑을 보며 말했다. 그의 목소리는 마치 으르렁거리는 짐승을 보는 것 같았다.

문현은 운갑을 앞세워 은신처로 향했다. 운갑이 배신할 염려는 없었다. 문현의 섭혼술에 완벽히 제압당해 문현이 죽으라면 웃으면서 죽을 것이다.

'표사나 복면인은 일류에서 이류 정도, 하지만 표두와 복면인의 수장은 절정에 이르렀다.'

운갑이 말해준 그들의 무공 수위다. 지금 문현의 무공 성취로는 절정 고수를 상대할 수 없었다. 절정 고수는 말 그대로 정신과 육체가 완벽히 균형을 이룬 경지이다. 정신과 육체의 균형을 완성해야만 물아일체의 경지, 신검합일로 이어질 수 있었다.

지금 문현의 경지를 살펴본다면 일류에 발을 내디뎠다고 할 수 있었다. 자신을 관조할 줄은 알지만 아직 육체의 완숙도가 부족했다.

지금의 수준으로 끌어올린 것도 단진천의 근골이 타고난 것도 한몫했지만 문현의 필사적인 노력이 있었기에 가능했다.

'은신하기 좋은 위치로군.'

숨어들기에 적합한 위치였다.

눈에 잘 띄지 않는 깊은 산속이고 퇴로가 용이했다. 동굴도 꽤나 깊어 물자를 보관하기에도 좋아 보였다.

은신처 근처에 도착하자 운갑이 앞서갔다. 문현은 으슥한 숲 속에 숨어 운갑을 바라봤다. 은신처 근처에서 보초를 서던 자들이 운갑을 알아보고 그에게 다가왔다.

"뭐야? 왜 혼자 복귀해?"

"무슨 일이라도 있는 거요?"

표사이던 이들은 편한 옷으로 갈아입었고 복면인은 복면을 풀고 있었다. 운갑이 능청스러운 표정으로 말하기 시작했다.

"쟁자수 놈들을 묻고 있는데 저쪽에서 마을 처자를 잡았지

뭐요. 흐흐."

"정말이오? 아, 나도 남을 걸 그랬나?"

"지금 가는 게 어떠오? 어차피 이 근처에는 아무도 안 올 테니 말이오. 게다가 두목만 재미 보지 않소. 사파가 득세했을 때는 나도 잘나갔는데 말이오. 거참."

운갑의 말에 보초를 서던 자들이 서로 눈빛을 교환했다. 그러더니 비릿한 웃음을 머금고는 고개를 격렬히 끄덕였다. 어지간히 급한지 벌써부터 얼굴이 뻘겋게 달아올라 있다. 운갑은 그런 그들을 바라보며 진한 웃음을 그렸다.

"이쪽이오."

"어서 가십시다. 흐흐."

운갑은 태연하게 뒷짐까지 지고 두 보초를 문현이 있는 으슥한 곳으로 이끌었다. 그들은 완전히 방심하고 있었다. 한 놈은 벌써부터 바지춤을 풀고 있었다.

문현은 운갑과 시선을 마주침과 동시에 빠르게 내공을 일으켜 한 놈의 마혈을 짚었다. 그놈의 몸이 굳기가 무섭게 문현은 뒤에 있던 다른 한 놈마저 제압했다.

그들이 지닌 무공 수위치고는 너무나도 순식간에 제압이 가능했다. 방심한 대가이다. 그들은 두 눈을 부릅뜨고 운갑과 문현을 바라보았다.

두 보초의 얼굴은 문현도 알고 있었다. 소미의 곁을 얼쩡거리면서 문현에게 모욕을 주던 자들이다.

"딱히 감정은 없다. 네 업보를 탓해라."

그들은 상상이나 할 수 있었을까? 그토록 무시하던 문현에게 이런 꼴을 당하게 될 줄 말이다. 문현의 표정이 싸늘해질수록 그들의 안색은 굳어갔다. 그저 곱상하게만 보이던 그의 외모가 두렵게 느껴지기 시작한 것이다.

문현은 손을 한 놈의 이마에 뻗었다. 섭혼술로 혼백을 제압하려는 속셈이다. 수라역천심법을 운용하며 섭혼술을 행하자 사혼단이 움직이기 시작했다.

"으으으……!"

그의 손에 닿은 놈의 몸이 부르르 떨렸다. 놈의 내공이 문현의 기운에 반발하며 밀어내기 시작한 것이다. 그럴수록 고통이 심해지는지 입에 거품을 물고 눈물을 줄줄 흘렸다. 문현은 섭혼술이 안 먹히고 있음을 알아차렸다.

대항이 거세어 혼백이 제압당하지 않는 것이다.

'극한의 두려움과 같은 상황이 되지 않으면 힘든 것이군.'

섭혼술이 만능이 아님을 깨달았다. 내가의 고수 반열에 들기 시작하는 절정 고수만 하더라도 섭혼술은 통하지 않을 것이다.

'사혼단이……?'

뜻밖의 격렬한 대항에 화가 났는지 사혼단에서 사기가 뿜어져 나오기 시작했다. 문현의 내부를 침식하기 위함이 아니었다. 사혼단의 사기는 마치 이성을 지닌 생물처럼 문현의 혈맥을 타고 다니다가 부르르 떨고 있는 놈의 몸으로 향했다.

"커억!"

놈의 몸에서 이변이 일어나기 시작했다. 몸에 진입하자마자 대항하는 내기를 모조리 먹어치우더니 문현에게 배출하기 시작했다. 수라역천심법을 운용하고 있던 문현의 단전으로 내기가 빨려 들어와 충만하게 축기되기 시작했다. 기존의 내기와 완벽히 통일되어 이질감이 전혀 느껴지지 않았다.

'이건……?'

문현의 눈동자가 커졌다. 마치 전설에나 나오는 흡성대법을 보는 듯했다. 아니, 그것보다 더욱 사악하고 뛰어난 것이다. 사혼단은 놈의 몸에 있는 내공을 빨아들이는데에 그치지 않고 선천지기마저 먹어치운 후 모조리 문현에게 뱉어내었다. 그러더니 그 자리를 자신이 대신하기 시작했다.

선천지기가 있던 곳을 사혼단의 사기가 점령한 것이다. 놈의 얼굴은 창백해졌고 심장은 뛰지 않았다. 그럼에도 놈은 눈을 감지 않았다.

"그르르……"

짐승 따위나 내뱉을 그런 소리가 들려왔다. 창백해진 것 말고는 외관상으로는 전혀 변함이 없었지만 문현은 눈앞에 있는 것이 인간이 아닌 시체임을 누구보다도 잘 알 수 있었다.

"강시인가?"

강시는 아니었다. 강시의 제조법은 문현의 머릿속에 있었다. 문현이 수라역천심법을 운용하며 놈을 바라보자 놈의 몸 안에서 움직이는 사기를 볼 수 있었다.

'혹시……?'

문현은 사기를 움직여 보았다. 그러자 놀랍게도 마치 자기 몸에 있는 내기처럼 움직이게 할 수 있었다. 그것으로 놈을 조종할 수가 있는 것이다.

'이성이 없기는 하지만 충분히 쓸 만해.'

모조리 운갑처럼 만들었다면 좋았을 테지만 꽤나 쓸 만한 패였다. 뿐만 아니라 단전이 부풀 듯 충만한 내공으로 가득 차 있다. 내공은 그전보다 확실히 많이 불어나 있었다. 놀랍도록 빠른 진보였다.

'한순간에 이토록 내공이 증진되다니.'

단전이 가득 차자 기운은 세맥으로 퍼져 나갔다. 문현의 경지가 높아져 단전이 열린다면 충분히 받아들일 수 있을 것이다.

문현은 움직이는 시체를 바라보았다. 그것을 시귀(屍鬼)라 부르기로 했다.

"으, 으으……."

나머지 한 놈은 이미 공포에 질린 눈치다. 동료였던 자가 시체가 되고 짐승처럼 변해 있으니 당연한 일이다.

'이미 돌이킬 수 없어.'

섭혼술을 행할 때와는 다르게 망설임은 있었다. 과거 소림과 연이 있던 자로서, 현문 대사를 스승으로 모신 자로서 해서는 안 될 짓이었다. 하지만 문현은 지옥에 떨어진다고 해도 웃으며 받아들일 것이다.

'지옥에서 벌을 받겠다. 그 대신 그들에게는 이 현세가 지옥이 될 것이다.'

문현은 나머지 놈도 시귀로 만들었다. 운갑을 호법으로 세운 후 가부좌를 틀고 운기를 시작했다. 단전을 채우고도 남아도는 내력이 혈맥과 세맥으로 뻗어나가며 찌꺼기를 제거하기 시작했다. 간단하게 소주천을 마쳤지만 문현의 몸은 활력이 넘쳤다.

'몸의 기반이 마련되었다.'

단진천의 몸은 혈맥이 굳어 큰 진보를 보기 어려웠지만 이제는 아니었다. 문현이 안광을 빛내며 눈을 떴다.

"좋군. 이대로 진행한다."

"존명!"

운갑은 문현의 명을 충실히 따르기 시작했다. 문현이 이들을 시귀로 만드는 과정을 봤음에도 그의 충성심에는 변화가 전혀 없었다. 유인계를 써서 시귀를 4호까지 만들자 문현은 더 이상의 시귀는 통제할 수 없음을 깨달았다.

'내 경지가 많이 부족해.'

더욱 수라역천심법의 성취가 높아진다면 더 많은 수를 거느릴 수 있을 것이다. 어쩌면 사법이 더욱 발전한 형태로 쓰일지도 몰랐다. 섭혼술에서 시귀를 발견했듯이 말이다.

'두 명의 절정 고수라……'

문현은 이미 그들의 숫자를 반 이상 줄였다. 절정 고수가 없었다면 쉽게 장악할 수 있었을 것이다.

이상한 낌새를 눈치챘는지 은신처 주변이 조용해졌다. 나간 보초가 돌아오지 않으니 경계하는 것은 당연했다.

'시귀가 꽤 도움이 되겠군.'

잠시 시험해 본 바로는 본래 그들이 지닌 무공 수위에 비하면 부족하지만 그래도 날렵한 움직임을 보여주었다. 급습한다면 큰 타격을 입힐 수 있을 것이다.

'지금이 적기야. 더 이상 시간을 끌었다가는 알아차릴 수도 있어.'

이길 수 있을지 확신할 수는 없었다. 하지만 문현은 신중하게 결단을 내렸다. 문현은 운갑을 앞세워 네 구의 시귀를 대동한 채 은신처 입구로 향했다. 시귀와 일정 이상 떨어지면 그대로 굳어버렸기에 모습을 드러낼 필요가 있었다.

"멈춰라!"

동굴의 입구로 가자 경계를 서고 있던 네 놈이 검을 뽑았다. 그러다가 운갑과 시귀들의 얼굴을 확인하고는 검을 내렸다.

"자네인가? 어디서 무얼 하고 있던 건가?"

두 절정 고수를 제외하고 가장 서열이 높은 자로 보였다. 몸집이 큰 거한이었는데 제법 긴 턱수염을 지니고 있었다.

운갑이 문현을 손가락으로 가리키며 입을 떼었다.

"이놈이 꽤나 날뛰어서 시간을 좀 허비했습니다요. 기생오라비처럼 보이는데 꽤나 무공 실력이 있던 터라 하마터면 큰일 날 뻔했습죠."

"흠? 나머지 인원은?"

"쟁자수 놈들을 묻고 있습니다요. 이놈 탓에 몇 놈이 도망치기는 했는데 다 잡아서 땅에 묻고 있습죠."

운갑의 말에 거한은 턱수염을 쓰다듬다가 고개를 끄덕였다. 거한 주위에 있던 세 놈도 안도의 한숨을 내쉬었다.

"난 또 무슨 사달이라도 난 줄 알았네."

"하긴 이런 곳에 누가 오겠어?"

거한 역시 경계가 풀어졌다. 거한은 고개를 끄덕이며 문현을 데리고 오라고 손짓했다. 문현이 거한의 앞에 당도해 무릎을 꿇자 거한은 문현의 목에 검을 겨누었다.

"네놈이었군. 흐흐, 내가 직접 목을 치고 싶었는데 잘되었어."

"그럼 저는 먼저 들어가겠습니다요."

"그래, 수고했다."

거한이 검을 들어 올릴 때다. 운갑은 들어가는 척하다가 거한의 뒤에 섰다. 문현이 천천히 고개를 들어 거한을 바라보았다. 문현의 눈에 아무런 감정도 나타나 있지 않자 거한의 몸이 잠시 흠칫했다.

문현의 입이 벌어졌다.

"죽여."

"뭐… 커억!"

운갑이 순식간에 검을 뽑아 거한의 등을 찔렀다. 척추를 부수고 들어간 검이 순식간에 심장을 관통했다. 즉사한 것이다. 갑작스러운 상황에 나머지 셋이 놀라며 허겁지겁 검을 뽑으려 했다.

"커억!"

"억!"

하지만 문현의 옆에 있던 시귀가 몸으로 셋을 덮치며 그들의 목을 물어뜯었다. 목을 물어뜯고도 마치 무언가를 갈구하는 것처럼 시체를 먹기 시작했다. 문현은 그들이 선천지기를 빨아먹고 그 자리에 사기를 보내는 것이 보였다.

시귀의 몸 안의 기운이 커질수록 시귀의 피부가 더욱 새하얗게 변하고 검은 핏줄이 보이기 시작했다.

"말 그대로 시귀로군."

그것을 바라보는 문현의 눈빛이 깊게 가라앉았다. 구역질이 치밀 만큼 끔찍한 모습이다. 하지만 외면하지 않았다. 자신이 벌인 짓을 외면할 수 없었다. 앞으로 더 큰 일을 벌일 것이다.

익숙해져야만 했다.

"뭐, 뭐야? 허억! 괴, 괴물이다!"

동굴 안에서 이 광경을 본 사내가 기겁하더니 동굴 안으로 뛰어갔다. 문현은 동굴 안의 숫자를 이미 파악하고 있었다. 시귀로 변한 넷, 그리고 지금 죽은 넷을 제외하면 넷이 남았다.

"운갑, 놈들을 발견하면 바로 달려들도록."

"존명!"

놈들은 절정 고수이다. 문현은 망설임 없이 동굴 안으로 발을 내디뎠다.

오늘 이 동굴은 분명 지옥이 될 것이다. 그야말로 생지옥이 말이다.

*　　　*　　　*

장두호는 과거 흑도무림에서 꽤나 악명을 떨치던 절정 고수였다. 산동색마라 불릴 정도로 여색을 즐기는 자였는데 세간에는 무공보다는 색공이 더욱 뛰어나다고 알려져 있었다. 그런 그가 한동안 표두 행세를 하며 점잖을 떨어야 했다.

그 누구도 그것이 얼마나 답답한 일인지 모를 것이다.

"흐흐……."

하지만 오늘로써 그 일도 끝이었다. 보수를 두둑하게 받고 뜨는 일만 남았다. 게다가 하늘이 그를 가엽게 여겼는지 아름다운 여인을 탐할 기회를 얻지 않았는가!

그것도 황보세가의 여식을 말이다. 따로 끌고 온 소미라는 계집도 탐이 나기는 했지만 어차피 밤은 길었다.

'후후, 내 여자로 만들어야겠어. 황보세가의 가전무공도 꽤나 알고 있을 테니…….'

무림맹이 천하의 패권을 장악한 시대였다. 장두호는 황보세가의 무공을 익혀 정파의 무인으로 둔갑할 생각까지 하고 있었다.

장두호는 포박되어 있는 여인을 바라보았다. 빨리 덮치고 싶었지만 짜증나게도 나간 부하들이 돌아오지 않았다.

'이놈들 뭐 하고 있는 게야! 어디 가서 재미라도 보고 있는 거 아니야?'

장두호는 그런 쪽으로밖에 머리가 돌아가지 않았다. 답답한 것은 장두호의 앞에 서 있는 곽삼도 마찬가지였다. 나름 고상한 척하고 있지만 장두호는 곽삼이 자신과 같은 부류라는 것을 알고 있었다.

'흥, 어디서 온 놈들인지는 모르지만 상관없겠지.'

곽삼의 뒤에 있는 세력을 장두호는 잘 몰랐다. 그저 자신이 상대하기에는 턱없이 큰 조직이라는 것만 짐작하고 있었다. 그도 그럴 것이, 숨어 있는 자신을 찾아내서 이번 일에 포섭하지 않았는가?

'더 이상 이자들이랑 일하는 건 위험해. 오늘 밤 일을 치르고 몰래 떠야겠어.'

장두호는 눈치 하나는 기가 막히게 빠른 자였다.

"이보게, 장 대협. 무슨 일이 일어난 것이 아닌지 걱정되네만."

"조금만 더 기다려 보십시다."

이미 획득한 표물은 정확히 파악했고, 이제 나간 부하들이 오면 재미를 볼 일만 남았다. 미리 일을 치를 수도 있었지만 아무래도 모양새가 좋지 않았다.

"끄아아! 괴물이다, 괴물!"

"뭐야?"

부하의 목소리가 분명했다. 곽삼이 인상을 찡그리며 앞으로 나갔다. 그 와중에도 기절해 있는 소미를 아쉬운 눈빛으로

한 번 더 바라보았다.

"무슨 일이길래 이리 요란을 떠는 게냐!"

"대, 대장님! 괴, 괴물입니다요!"

"뭔 귀신 씻나락 까먹는 소리냐!"

"괴물이 다, 다, 다 잡아먹었……."

곽삼은 짜증이 나는지 주먹으로 부하의 얼굴을 후려쳤다. 부하는 바닥에 나뒹굴면서도 바들바들 떨어댔다. 그래도 꼴에 칼밥 좀 먹은 무인인데 이리도 겁에 질린 것을 보면 분명 뭔가 있기는 했다.

곽삼의 눈이 동굴 입구로 향했다. 무언가 불길함이 느껴졌다.

'귀신?'

곽삼은 절정 고수지만 귀신이라면 치를 떨고 무서워했다. 어릴 적 귀신을 본 충격이 아직도 남아 있는 탓이다.

곽삼은 겁에 질려 바들바들 떨고 있는 부하에게서 시선을 떼어 어찌할 바 모르고 있는 남은 부하를 바라보았다.

곽삼이 생각하기에도 제법 검을 잘 쓰는 녀석이다. 이 일이 끝나면 모두 살인멸구할 생각이지만 이 녀석은 주군께 청해 부하로 삼을까 고민 중이다.

"가서 확인해 보도록."

"제, 제가요?"

곽삼이 바라보며 말하자 부하는 손가락으로 자신을 가리
켰다. 곽삼이 고개를 끄덕였다. 부하는 고개를 저으려 했지만
곽삼이 인상을 쓰자 할 수 없이 검을 뽑아 들고 동굴 입구로
가기 시작했다.

날이 어두워지는 까닭에 입구로 향하는 길은 어두웠다. 이
제 횃불을 켜야 했지만 아직 켜지 않았던 것이다.

조용했다. 아무런 소리도 들리지 않았다.

"이상하구려."

"으악! 놀랐잖소!"

장두호의 말에 곽삼이 깜짝 놀라며 외쳤다. 장두호가 비웃
음을 머금자 곽삼의 얼굴이 구겨졌다.

"곽 대협, 겁이 많은가 보오?"

"흠흠."

털썩! 데구루루!

갑자기 들리는 소리에 장두호와 곽삼이 흠칫했다. 곽삼은
자신의 발밑에 굴러온 무언가를 바라보았다.

"허억!"

방금 나간 부하이다. 눈을 감지 못한 채로 그렇게 머리만
굴러온 것이다. 곽삼은 다급히 검을 빼 들고 어둠 속을 바라
보았다.

어둠 속에 붉은 눈동자들이 보이기 시작했다.

"가라."

나지막한 목소리가 울려 퍼지자 정체불명의 무언가가 곽삼을 덮쳐오기 시작했다.

*   *   *

문현은 곽삼을 발견하자마자 명령했다. 빠르게 기습한다면 곽삼을 제거할 수는 없더라도 치명상을 안겨줄 수는 있을 것이란 계산에서였다.

'과연 괜히 절정 고수가 아니야.'

처음에는 당황한 듯싶더니 한 구의 시귀를 순식간에 베어 버렸다. 그의 검에서는 푸른빛의 검기가 넘실거리고 있었다. 검기상인의 경지에 닿은 절정 고수가 분명했다.

"이, 이것들은 뭐야!"

하지만 시귀의 모습을 확인하자 뒤로 주춤 물러났다. 부하들이 분명했다. 부하들이 입에 피를 가득 칠한 채로 미친 듯이 곽삼에게 달려들고 있었다.

"네, 네 이놈들! 배신한 거냐!"

곽삼이 침착함을 되찾고 응수하기 시작하자 문현의 안색이 어두워졌다. 장두호도 합세할 기미가 보였다.

운갑은 내상을 입었는지 비틀거리며 뒤로 물러났다.

'절정 고수가 이렇게도 강한 자들이란 말인가.'

문현은 나머지 세 구의 시귀를 바라보았다. 사기를 응축시켜 일순간에 터뜨린다면 큰 피해를 입힐 수 있을 것 같았다.

문현이 그렇게 생각한 순간 시귀들의 몸이 부풀어 오르기 시작했다.

콰앙!

"으억!"

폭발음과 함께 시귀가 폭발하며 곽삼을 덮쳤다. 곽삼은 보법을 밟으며 방어 초식을 전개했지만 날아오는 뼛조각을 전부 막지는 못했다. 두려움에 벌벌 떨고 있던 남은 부하 한 명은 폭발의 여파에 휩쓸려 죽어버렸다.

그만큼 굉장한 폭발이었다. 벽력탄에는 미치지 못할 테지만 효율성만큼은 대단했다. 무엇보다 시귀가 머금고 있는 사기는 치명적인 독을 품고 있었다.

"크, 시, 시독?!"

문현은 곽삼이 큰 부상을 입으며 비틀거리는 것이 보이자마자 내기를 끌어올려 보법을 밟았다. 빠르게 앞으로 나간 문현의 신형이 곽삼 앞에 당도했다.

"뭣?!"

곽삼은 검기가 맺힌 검을 들어 빠르게 문현을 향해 내려 그었다. 하지만 문현의 주먹이 아슬아슬하게 조금 더 빨랐다.

퍼억!

겨우 일류에 이른 자가 가질 내공의 양이라고는 생각할 수 없는 막대한 공력이 문현의 주먹에서 방출되었다. 곽삼의 검은 문현의 어깨를 조금 베고 멈춰 섰다. 조금만 늦었더라도 베이는 것은 문현이었을 것이다.

"비, 비겁한……."

주르륵!

곽삼의 입에서 피가 새어 나오더니 그의 신형이 무너졌다. 절정 고수치고는 허망한 최후였다.

"네, 네놈은 뭐냐!"

손을 쓸 겨를도 없이 곽삼이 당해 버리자 장두호가 검을 뽑으며 문현을 바라보았다. 문현은 천천히 뻗고 있던 주먹을 내렸다.

'일이 꼬였어.'

절정 고수의 무력을 얕본 것이 원인이다. 그 결과 문현은 아무것도 지니지 못한 채로 절정 고수 장두호를 상대해야만 했다.

"네놈이었군. 확실히 저년의 오라비지."

기절해 있는 소미를 가리키며 장두호가 말했다.

"어떻게 저놈들을 매수했는지는 모르지만 나를 상대할 수는 없을 것이다!"

장두호는 그렇게 생각할 수밖에 없었다. 얼마 전까지만 해도 멀쩡하던 자들이 갑자기 배신을 한 것이다. 곽삼의 앞에서 자신의 목숨까지 버리면서 펼친 수는 분명 동귀어진이라 불러야 했다.

'설마······.'

장두호는 무언가 생각이 났는지 문현을 노려보았다.

"그렇군. 처음부터 살인멸구할 속셈이었군. 계획된 일이었어. 비열한 놈들!"

"말이 많군."

문현은 태연을 가장하며 말했다. 무언가 단단히 오해를 한 모양인데 문현은 굳이 오해를 풀어주고 싶은 마음은 없었다.

생각해 보면 앞뒤가 전혀 안 맞지만 장두호의 부족한 머리로는 그것을 생각할 여유가 없는 듯했다.

'힘들겠어.'

이렇게 된 이상 맞붙을 수밖에 없었다. 그의 무공으로 절정고수를 상대할 수밖에 없는 위기의 상황이었지만 문현은 마음이 설레고 있음을 깨달았다.

운갑은 이제 도움이 되지 않을 것이다. 문현은 운갑에게 뒤로 빠져서 내상을 치료할 것을 지시했다.

'해보자.'

문현과 장두호는 서로 마주 보고 대치했다. 장두호는 분명

문현보다 강한 무위를 지니고 있었지만 쉽사리 덤벼들지 않았다. 식은땀마저 흐르고 있는 것을 보면 상당히 긴장한 듯 보였다. 그도 그럴 것이, 곽삼이 당한 장면이 머릿속에서 지워지지 않은 것이다.

문현은 천천히 장두호의 틈을 찾고 있었다. 장두호는 긴장했는지 몸이 굳어 있었다. 최적의 상태가 아니란 말이었다.

"오, 오라버니?"

장두호가 뒤에서 들려오는 목소리에 흠칫하며 놀랐다. 장두호의 검 끝이 떨리는 것을 발견한 문현은 혼기를 끌어올리며 진각을 밟았다.

휘이!

문현의 주먹이 장두호의 턱을 스치고 지나갔다. 장두호의 몸놀림은 역시 절정에 이른 자다웠다. 문현은 여기서 공격을 멈추어서는 안 된다는 것을 깨달았다. 공격권을 주는 순간 수세에 몰릴 것이 뻔했기 때문이다.

절정 고수에게 수세에 몰린다는 것은 죽음을 의미했다.

휘이익!

문현은 보법을 밟았다. 삼재보법이다. 수라역천심법을 기반으로 발휘되는 삼재보법은 결코 삼류가 아니었다. 그 기세는 빠르고 매서웠다.

"이익!"

장두호가 문현의 주먹을 피하며 검을 내질렀다. 검기를 머금은 검은 너무나도 예리했다.

문현의 두 눈에 자신의 허리를 향해 베어오는 장두호의 검이 보였다. 제자리에서 발휘된 검격이다. 수세에 몰려 있으면서도 순식간에 뻗어온 일검은 단번에 문현의 허를 찔렀다.

'대단한 검법이다.'

공수 전환이 매끄럽다는 말은 검에 대한 성취가 무척이나 깊다는 말이다. 문현의 허리를 가를 기세로 뻗어오는 초식은 문현에게 섬뜩함을 안겨주었다.

문현은 삼재보법을 전개하며 억지로 허리를 비틀었다.

지이익!

장두호의 검이 문현의 허리를 살짝 스쳐 지나갔다. 문현은 이대로 물러나면 필패할 것임을 알았다. 이미 기세를 들켰다.

문현은 허리를 비틀어 피하면서 다시 한 번 주먹을 뻗었다.

휘이익!

잿빛의 기운을 머금은 육합권이다. 주먹을 내지르는 것으로 시작하는 초식이었지만 장두호는 상체를 뒤로 젖히는 것으로 문현의 주먹을 피해냈다.

연계할 수는 없었다. 육합권은 공격보다는 방어에 치중하는 권법이다. 마땅히 이를 타계할 초식이 떠오르지 않았다.

'이대로 물러날 수는……'

문현은 한 걸음 더 앞으로 나아갔다. 문현의 강한 의지가 낳은, 그야말로 무의식중에 나온 행동이었다. 문현은 자신의 주먹이 회수되는 광경을 보며 묘한 느낌을 받았다.

'백보신권(百步神拳)은 부동심으로부터 시작한다. 굳건한 의지로서 그 중심을 만물 위에 세운다면 능히 상대를 백 보 밖에서도 쓰러뜨릴 수 있다.'

문현의 눈빛이 날카롭게 빛났다. 문현은 망설이지 않았다. 장두호를 쓰러뜨리겠다는 강한 의지가 다른 생각을 무의식의 저편으로 모두 몰아넣은 것이다.

문현의 회수된 주먹이 천천히 뻗어 나갔다. 장두호는 이미 자세를 갖추고 검을 문현에게 찔러 넣고 있었다.

문현은 피해야 한다는 것을 몸으로는 알고 있었다. 장두호의 검에 비하면 문현의 주먹은 너무나도 느렸다.

검기를 머금은 검과 주먹이 부딪친다면 그 결과는 참혹할 것이 뻔했다.

하지만 문현은 그 자리에서 몸을 빼지 않았다. 장두호가 승리를 예감하는 순간 문현의 기세가 일변했다.

휘이이이!

문현의 주먹에 다다른 장두호의 검이 한차례 진동했다. 검 끝이 떨리는가 싶더니 그 진동이 장두호의 팔 전체로 뻗어나 갔다.

콰아아!!

그 순간 주먹의 끝에 뭉쳐 있던 내력이 터져 나갔다. 문현의 단전으로부터 꿈틀거리던 내공이 한순간에 폭발하듯 그렇게 뿜어져 나간 것이다. 세맥까지 퍼져 있던 기운이 모조리 주먹을 중심으로 터져 나가 버렸다.

"크아악!"

장두호의 신형이 뒤로 튕겨 나갔다. 검을 든 장두호의 팔은 너무나 패도적인 방금 그 일 초에 찢겨져 나가고 없었다.

하늘로 치솟았던 검만이 바닥에 꽂히며 그 존재감을 알려 줄 뿐이다.

"큭."

문현은 뻗었던 팔을 내리며 무릎을 꿇었다. 그의 팔이 쉴 새 없이 떨리며 도저히 움직여지지 않았다. 근육과 인대가 단단히 상한 것이 분명했다.

'결코 내가 펼칠 수 없는 초식이었다.'

수라역천심법의 특수함, 그리고 사혼단의 존재가 아니었면 전신 혈맥이 상하고 심마에 들고도 남았을 그런 동귀어진의 수였다.

문현은 텅 빈 단전을 느끼며 숙이고 있던 고개를 들어 장두호 쪽을 바라보았다. 장두호는 없어진 자신의 오른팔을 허망하게 바라보다가 몸을 일으켰다.

"무슨··· 권법이오?"

"백보신권. 아마 그랬을 터."

"쿨럭!"

장두호는 내상을 심하게 입었는지 피를 토해냈다. 문현의 내기가 장두호의 몸에 파고들어 내상을 늘려가고 있었다.

장두호가 문현에게 달려들었다. 이 자리에서 끝을 보겠다는 듯 선천지기까지 소모하며 달려든 것이다.

퍼억!

장두호의 주먹이 문현의 얼굴을 때렸다.

문현의 얼굴이 돌아가며 뒤로 크게 휘청거렸다. 단전이 텅 비어 힘이 나질 않는 문현이었지만 그는 결코 쓰러지지 않았다.

퍼억!

문현의 주먹이 장두호에게 닿았다. 장두호는 애초부터 방어에 신경 쓰지 않고 있었다. 팔을 잃은 시점부터 더 이상 잃을 것이 없던 것이다.

"크아아아!"

장두호의 눈빛이 흐려졌다. 심마에 빠진 것이 분명했다. 문현은 마구잡이로 휘둘러 오는 장두호의 주먹을 간신히 피해냈다.

퍼억!

문현은 휘둘러 오는 주먹을 피한 다음 이마로 장두호의 머리를 들이받았다.

장두호가 비틀거리면서 뒤로 주춤 물러났다.

"허억, 허억!"

거친 숨을 내쉰 문현의 안색이 좋지 않았다.

단전의 내공은 바닥난 지 오래였고 한 쪽 팔은 부어올라 쉽게 움직일 수 없었다. 온몸에 거친 싸움의 흔적이 가득했다.

머리마저 산발로 변해 있었지만 문현의 눈빛은 죽지 않았다.

장두호가 괴성을 지르며 달려들었다. 거대한 체구가 주는 압박감은 상당히 컸다. 문현은 이를 악물고 그런 장두호를 바라보았다.

문현은 미세하게 내력이 회복되고 있음을 느꼈다. 문현의 몸에 쌓인 장두호의 내력이 사혼단에 의해 잡아먹혀 문현의 내공으로 바뀌고 있는 것이다.

문현에게 주어진 것은 한 줌의 내공이었다. 하지만 그것만으로도 충분할 것이다.

퍼어억!!

문현은 주먹을 뻗음과 동시에 고개를 숙였다. 문현의 주먹이 장두호의 명치를 뚫고 척추를 분쇄했다. 장두호의 몸이 부르르 떨림과 동시에 문현의 앞으로 쓰러졌다.

문현은 장두호의 죽음을 알고도 한동안 그렇게 굳어 있었다. 뻗은 주먹을 회수하지 않고 있는 것이다.

'이겼다.'

문현은 천천히 주먹을 내렸다. 그리고 피투성이가 된 자신의 손을 바라보았다.

"내가⋯⋯."

문현은 고개를 들었다. 산발이 된 머리카락이 문현의 얼굴을 가려주었다. 문현은 주먹을 불끈 쥐었다.

"내가 이겼다."

그것이 감동인지 아니면 슬픔인지 구별이 잘 되지 않았다.

절정에 이른 무인을 꺾은 것은 그에게는 무한한 감동일 것이다. 과거, 좋게 쳐 줘도 이류에 불과하던 자신이 절정 고수를 꺾은 것이다. 어떠한 치사한 수법 없이 무공만으로 말이다.

그러나 한편으로는 씁쓸하기도 했다. 본래의 그로서는 영원히 이룰 수 없는 일이었다. 그러나 단진천의 육체는 그에게 승리를 가져다주었다.

이 성취감은 온전히 그의 것이 아닌지도 몰랐다.

문현은 한동안 우두커니 그렇게 서 있었다. 깊은 숨을 내쉬고 나서야 온몸에서 고통이 느껴졌다.

'절정 고수를 상대로 싸게 먹힌 거지.'

당분간 회복에 전념해야겠지만 분명 싼 대가였다.

"오라버니!"

"……"

포박당해 있는 소미가 보였다. 소미의 옆에는 아름다운 여인이 자신을 바라보고 있다. 문현은 천천히 걸음을 옮겨 소미 앞에 섰다.

스르릉!

그는 바닥에 떨어져 있는 장두호의 검을 들었다. 검을 천천히 들어 올리자 소미가 문현을 바라보다가 눈을 꼭 감았다.

서걱!

문현은 소미의 포박을 풀어주었다. 그러고는 바닥에 털썩 주저앉았다. 힘이 빠져 버린 것이다.

"오라버니!"

"조용히 하거라. 머리가 울린다."

"흐윽……"

소미의 두 눈에 눈물이 맺히기 시작하더니 이내 뺨을 타고 주르륵 흘러내리기 시작했다.

"죄송해요. 죄송해요."

"조용히……"

"죄송해요. 흐윽!"

소미는 문현의 팔을 안으며 울었다. 도저히 진정될 기미가 보이지 않자 문현은 포기하고 시선을 돌려 옆에 있는 여인을 보았다.

'처리해야 하나?'

언제부터 깨어 있었는지 모르지만 만약 모든 것을 목격했다면 이 자리에서 없애는 것이 나았다. 그것은 소미에게도 해당되는 사항이다.

문현이 힘겹게 몸을 일으키자 서럽게 울던 소미가 문현의 소매를 잡았다.

물끄러미 자신을 올려다보면서 무언가 말하려 하는 모습에 문현은 도무지 손을 쓸 수가 없었다.

'일단 지켜보자.'

문현은 여인에게 다가가 점혈을 풀어주었다. 여인은 그제야 깊은 숨을 내쉬며 축 늘어진 몸을 일으켰다.

"구명지은(求命之恩), 결코 잊지 않겠습니다."

여인의 눈이 별처럼 반짝이고 있다. 자신에 대한 반감은 찾아볼 수 없었다.

시귀를 폭사시킨 잔인한 사술을 봤다면 분명 얼굴에 무언가 나타나야 했다. 그래도 문현은 경계를 늦추지 않았다.

소미는 여전히 자신의 옷소매를 놓지 않고 있다. 그 모습을 본 여인이 살며시 웃음을 지으며 입을 뗐다.

"은공, 저는 황보세가의 황보미윤이라 합니다."

"백문… 아니, 나는……."

문현의 눈썹이 찌푸려졌다.

자신의 이름이 나오려는 것을 깨닫고 입을 닫은 문현은 한참을 그렇게 가만히 있었다. 황보미윤은 문현의 말을 기다리고 있다.

문현은 소미와 눈이 마주치자 작게 한숨을 내쉬고 입을 떼었다.

"단진천, 단문세가의 단진천입니다."

그렇게 말한 문현의 얼굴이 어두웠다.

제10장
귀향(歸鄕), 혹은 타향(他鄕)

날이 어두워졌다.

문현은 동굴에서 하룻밤을 지내기로 했다. 적에 대한 걱정
은 있었으나 운갑의 정보로 파악해 보면 당분간 이곳은 안전
했다. 동굴 안에는 막대한 양의 표물이 있었는데 일부는 이미
사라지고 없었다. 장두호가 자신의 몫을 떼어 따로 숨겨놓았
기 때문이다. 그것은 곽삼 역시 마찬가지인 듯했다.

[주군, 숨겨놓은 보물을 찾았습니다. 다른 위치에 숨겨놓겠
습니다.]

운갑이 멀찍이서 전음을 보내왔다. 문현이 살짝 고개를 끄

덕이자 운갑의 기적이 사라졌다. 운갑은 운신할 정도가 되자 문현을 위해 열심히 일했다. 그는 문현의 명령을 받기 위해 살고 있었고, 문현의 기쁨이 곧 그의 기쁨이 되었다.

'운갑을 얻은 것은 천운이다.'

일류 무인을 부하로 둘 수 있는 기회는 극히 희박할 것이다. 운갑의 정신이 유독 심약한 것이 섭혼술의 성공 요인이었다. 보통은 시귀 같은 존재로 변할 확률이 컸다.

'정파에게 발각되면 무림 공적은 순식간이겠군.'

시귀는 사법을 익힌 문현도 꺼려지는 존재였다. 혹시라도 구파일방의 누군가가 이것을 알아차린다면 바로 무림 공적으로 몰려 추살당할 것이다. 문현은 앞으로 좀 더 신중을 기하기로 마음먹었다.

문현은 모닥불을 피웠다. 역시 은신처답게 충분한 식량이 있었다. 게다가 금창약도 있어 부상을 입은 문현에게는 다행이었다. 문현이 한쪽 팔을 움직여 약을 바르려 하자 황보미윤이 다가왔다.

"제가 해드리겠습니다."

"괜찮습니다."

"아니에요. 부디……."

황보미윤은 거의 빼앗다시피 금창약을 가져간 다음 문현의 상처에 바르기 시작했다.

"은공께서는 듣던 것과 많이 다르시군요."

"별로 다르지 않습니다."

"제남의 망나니로 불리던데… 아, 죄송합니다."

황보세가는 단문세가와 마찬가지로 제남에 있으니 단진천에 대한 소문을 들어 알고 있을 것이다. 제남의 외곽 지역이기는 하나 단문세가 역시 꽤나 이름을 날리던 무가였다. 하지만 지금은 황보세가가 제남 제일세가였고 단문세가는 그에 한참 미치지 못했다.

"적의 숫자가 많았습니다. 은공께서 아무리 절정에 이른 무위를 지니셨다고는 하나 분명 목숨을 걸어야 했을 테지요."

황보미윤이 깨어난 것은 문현과 장두호의 대치 상황에서였다. 문현은 황보미윤에게 그런 말을 들었지만 그래도 의심을 거두지는 않았다.

"……"

"적의 본거지로 스스로 뛰어들어 단 소저를 구하신 분인데 그렇게 불릴 까닭이 없을 것 같네요."

황보미윤은 문현의 소매를 쥔 채로 잠들어 있는 소미를 바라보며 말했다. 소미는 꽤나 정신적 충격이 큰 듯했다. 문현이 곁에 있어주자 거의 기절하듯이 잠들어 버린 것이다. 문현은 몇 번이고 뿌리치려 했지만 그의 마음대로 할 수 없었다.

"참 우애가 깊군요. 저는 형제가 없어서… 부러울 따름이에요."

문현은 별다른 말을 하지 않았다. 황보미윤도 문현의 대답을 기대하지는 않는 눈치였다. 문현은 앞으로의 일을 생각하며 입을 떼었다.

"이번 일에 대해 짐작 가는 바가 있습니까?"

"네, 물론이에요. 하나 쉽게 입 밖으로 낼 수는 없을 것 같네요. 이제 믿을 수 있는 자는… 드물겠지요. 제 목숨을 구해 주신 은공 말고는……."

황보미윤은 금창약을 덮고는 문현을 바라보았다. 그리고 문현에게 자신이 아는 것을 이야기하기 시작했다.

황보세가가 무림맹으로 향한 이유는 재정적으로 어려워져 황보세가의 가보를 팔아야 했기 때문이다. 황보세가가 휘청거린 것에는 이유가 있었다. 황보세가의 가주인 황보대산이 앓아눕게 되었기 때문이었다.

황보미윤의 숙부인 황보중자가 황보세가의 실권을 쥐게 되면서 가세가 기울어지기 시작한 것이다.

황보중자와 그의 첩들이 방탕하게 가문의 재물들을 낭비했고, 황보미윤이 그것을 막으려 손을 썼을 땐 이미 제남의 이권마저 어느 정도 넘어가 버린 상태였다.

가장 이득을 본 것은 진무방이라는 단체였다. 황보중자는 그들과 어울리며 빚을 키워갔고, 더 이상 가문의 재력으로는 감당할 수 없을 지경에 이르렀다.

결국 가보인 승룡검을 무림맹에 넘기며 빚을 막아야만 했다. 무림맹은 막대한 재물을 주고 승룡검을 산 후 그들을 안전하게 제남까지 호위해 줄 표국까지 소개시켜 주었다.

'무림맹이 연관이 있군. 뿐만 아니라 진무방이라는 놈들 역시.'

지금까지 돌아간 판도를 보자면 모두 짜고 치는 판이 분명했다. 어쩌면 진무방이라는 자들은 마교와 연관이 있을 수도 있었다.

"무림맹을 의심하고 싶지는 않습니다만 정황상 얽혀 있음이 분명해요. 단문세가 역시 진무방에 빚을 지고 있다고 알고 있어요."

문현은 황보미윤의 말에 작게 고개를 끄덕였다.

'진무방이라…… 알아봐야겠군.'

단문세가에 특별한 감정이 없는 문현은 빚은 어찌 되든 괜찮았다. 하지만 앞으로의 수행에 문제가 생긴다면 그것은 반드시 제거해야만 했다.

"일단 쉬시지요."

문현은 그렇게 말하며 자리에서 일어났다. 운기를 하기 위해서다. 황보미윤은 경계해야 할 대상이기에 그녀의 앞에서 운기조식을 취할 수는 없었다.

"은공께서는?"

"바깥쪽에 있겠습니다."

"그, 그러지 마세요. 어찌 은공께서……."

"혹시 잔당이 있을지도 모릅니다."

문현에게 충분한 설명을 들은 황보미윤은 이곳에 잔당이 없음을 짐작하고 있었다. 그렇지 않았다면 문현이 이곳에서 하룻밤을 묵자고 하지는 않았을 것이다. 황보미윤이 보기에 문현은 굉장히 비범한 자였다.

황보미윤은 문현이 자신을 불편하게 생각하고 있다는 것에 섭섭해지기 시작했다. 외간 남자를 보며 그런 마음이 드는 것은 이번이 처음이다. 왜인지 그와 계속 이야기하고픈 마음이 들었다.

"그럼."

문현은 소미가 잡고 있는 손을 풀었다. 문현이 몸을 웅크리는 소미를 바라보자 황보미윤은 알겠다는 듯 고개를 끄덕이며 말했다.

"단 소저는 제가 돌보도록 할게요."

문현은 딱히 소미를 부탁하거나 하지는 않았지만 황보미윤은 멋대로 오해하고 그렇게 말하였다. 황보미윤이 말에 조금은 안심이 되는 것은 참 이상한 마음이다.

'희연이가 보고 싶군.'

지금 희연이의 얼굴을 본다면 근심이 날아갈 것 같았다. 하지만 희연을 생각할수록 생기는 것은 분노였다. 희연을 희롱하며 죽인 자들에 대한 분노.

'남궁세가라 했던가. 쉽게 죽이지는 않을 것이다.'

문현의 표정이 싸늘하게 굳었다. 그런 문현의 등을 황보미윤은 따듯한 눈빛으로 바라보았다.

문현이 동굴 밖으로 나오자 대기하고 있던 운갑이 나타나 부복했다. 운갑의 자질은 매우 뛰어나서 두려움이라는 약점이 없어지자 무공이 일취월장하였다. 문현의 입장에서는 지금 당장 제일 쓸 만한 패였다.

"흔적은 지웠나?"

"동굴 안을 제외하고 모두 지웠습니다."

"내일 내가 떠나게 되면 시귀의 흔적도 수습하도록."

"존명!"

동굴 안의 시체는 문현이 대충 수습해 놓았다. 시귀가 완벽히 폭사했기에 흔적은 별로 없었으나 혹시 누군가 조사에 들어간다면 곤란해질 수도 있었다.

"진무방이라는 곳을 알고 있나?"

"예. 낭인이 된 사파의 무인들이 많이 몸담고 있는 곳이라 합니다. 이번 일과 연관이 있을 거라고 추측하고 있습니다. 하나 진무방이 이번 계획의 진정한 배후는 아닐 것입니다."

"진무방 뒤에 뭔가 있겠지."

일이 제법 복잡해졌다. 문현은 어느 하나 쉬운 일이 없다고 느껴졌다. 그저 수행을 해서 누구보다 강한 힘을 얻은 다음 복수를 할 수 있으면 좋겠지만 세상일은 그렇게 단순히 돌아가지 않았다. 많은 눈과 귀를 속이며 힘을 얻어야 했다.

문현은 동굴 입구가 보이지 않는 곳까지 이동했다.

"호법을 서라."

"존명!"

수라역천심법을 운용하며 운기를 하기 시작했다. 장두호와의 결투가 아직도 머릿속에 선명히 떠올라 사라지지 않았다. 그때 뻗은 자신의 주먹은 분명 상승의 경지로 이어지는 실마리였다.

'조급해하지 말자. 시간은 내 편이다.'

우선 몸을 회복해야 했다. 그리고 천천히 무공의 기본을 완성해야 한다. 그렇게 한다면 저 멀리 보이는 새로운 경지가 온전히 자신의 것이 될 것이다.

문현은 누구보다도 그것을 잘 알고 있었다. 평생을 느리게 걸어온 문현은 그 결과를 보지 못했지만 지금은 달랐다. 그 어느 때보다도 강해질 것이 분명했다.

*　　　*　　　*

다음 날이 되자 문현은 움직이기 시작했다.

수라역천심법은 내상과 육체의 회복에도 탁월한 효과가 있었다. 잘 움직여지지 않던 팔은 조금 고통스러웠지만 움직일 수 있을 정도가 되었다.

황보미윤은 중요한 물품만 챙기고 나머지는 문현의 도움을 받아 숨겨놓았다. 황보미윤은 진법까지 알고 있어 아마 본인이 찾아오기 전까지는 보물의 위치는 드러나지 않을 것이라고 했다.

은신처와 제법 거리를 둔 곳에 숨겼으니 혹시나 있을 잔당들에게 들킬 염려는 없었다. 물론 문현은 묵묵히 황보미윤의 일을 거들었기에 보물의 위치를 모두 알고 있다.

'수틀리면 빼돌리는 것도 괜찮겠지.'

지금은 잠자코 있는 것이 이득이었다. 아직까지는 황보세가가 제남 제일의 세가였으니 당분간은 연결 고리를 만들어놓는 것도 나쁘지 않을 것이다.

문현이 그렇게 생각하는 것을 황보미윤은 꿈에도 모르고 있을 것이다. 그녀는 오히려 묵묵히 자신을 돕는 문현에게 감동마저 느끼고 있었다.

보물을 숨긴 이후 그들은 가까운 마을로 향했다. 향한 곳은 제법 규모가 큰 마을이었다. 황보미윤의 말로는 제남과의 연결로에 있었기에 큰 규모의 표국이 존재했고, 황보세가의 친인척들 역시 자리를 잡고 있다고 한다. 배후에 누가 있든 황보미윤이 귀환한다면 쉽게 손을 쓰지는 못할 것이다.

"오라버니, 저 꽃의 이름이 무엇인지 아시나요?"

"모른다."

"화산의 매화에 비하면 떨어지지만 아름답네요. 그렇지 않나요?"

"그렇군."

소미는 문현의 옆에서 연신 재잘재잘 떠들어댔다. 무슨 심경의 변화가 있는 것이 분명했다. 그것은 아마도 소미가 깨어난 이후부터일 것이다. 문현은 늘 단답식으로 대답했고 어쩔 땐 차갑게 말했지만 소미는 계속해서 말을 걸어왔다. 문현은 귀찮았지만 그래도 적막한 것보다는 낫다는 생각에 이제는 제법 대답해 주고 있었다.

황보미윤이 살며시 웃는 것을 보면 의좋은 남매라고 멋대로 착각하고 있는 것이 분명했다.

"오라버니, 제가 귀찮으신가요?"

소미가 어두운 안색으로 물었다.

차갑기만 하던 소미의 표정이 제법 풍부해졌다는 생각이 든 문현이다. 약관에 못 미치는 소미에게는 차가운 표정보다는 저런 감정이 드러나는 표정이 더 잘 어울렸다.

얼굴은 사람의 마음을 잘 나타내 준다. 얼굴이 차갑고 표정이 없다는 것은 마음이 닫혀 있다는 증거이다. 그것은 과거의 상처나 아픈 경험에서 오는 것일지도 몰랐다.

문현도 한때 그러했다. 마음을 다시 열 수 있던 것은 희연과 현문 대사가 있었기 때문이다.

"…무림맹까지 혼자 온 것이냐?"

문현은 대답 대신 질문을 했다. 거짓말을 하고 싶지 않았기 때문이다. 소미는 문현의 질문에 눈을 동그랗게 떴다.

마을로 향하면서 처음으로 길게 말한 것이다.

"어머니께서는 몸이 편찮으셔서 제가 와야만 했지요. 무림맹까지 가는 상단에 섞여 왔어요. 어머니께서 호위를 붙여주셨지만… 제가 어머니 모르게 거절했어요. 아마 돌아가면 크게 혼날 것 같아요."

"그런가."

소미는 자신이 총명하다는 것을 잘 알고 있었다. 그리고 외모 역시 빼어나다는 것을 알고 있었다. 처음 보았을 때는 충분히 그것을 이용할 수 있다는 자신감이 보였는데 지금은 사라지고 없었다.

사람이 성장하는 것은 한순간이었다. 어린아이가 어른이 되는 것도 한순간이다. 결국 세상을 조금이나마 아는가, 그렇지 않는가의 차이였다.

"홀로 제남에서 무림맹까지 갔다니 대단하네."

"벼, 별로 그렇지 않아요."

"나는 지금도 무서워서 혼자는 못 가는걸."

황보미윤과 소미는 무척이나 친해진 눈치였다. 멀리서 보면 황보미윤과 소미가 자매처럼 보일 정도였다.

황보미윤과 소미가 재잘재잘 떠들기 시작하자 문현은 한 걸음 뒤로 빠져 걷기 시작했다.

문현은 깊이 숨을 내쉬었다.

[주군, 보고 드립니다. 별다른 이상은 없습니다.]

[알겠다. 계속해서 호위하도록.]

[존명!]

문현은 전음으로 대화를 나누었다. 운갑은 문현의 주변을 돌면서 계속해서 문현을 호위했다. 알아서 휴식을 취하고 움직이니 문현으로서는 상당히 편했다. 운갑은 오로지 문현을 위해서 고통을 참아내며 틈틈이 무공까지 연마하고 있었다.

'맹목적으로 따른다는 것은 참으로 무서운 거로군.'

이것이야말로 수족이라 부를 수 있었다. 문현은 운갑과 같은 수족을 늘려나가기로 결심했다. 시귀가 되는 부작용이 있기는 했지만 성공만 한다면 한 사람의 모든 것을 모조리 자신의 것으로 만들 수 있었다.

'어쩌면 세속을 살아가는 데에는 사법만큼 좋은 수단이 없

을 거야.'

세속의 더러움과 가장 맞닿아 있는 것이 바로 사법이었다. 문현은 잠시 상념에 빠져 있었다. 그를 상념에서 꺼낸 것은 황보미윤이었다.

"단 공자님, 저기 마을이 보이네요. 후우, 한시름 놓아도 되겠어요."

"그렇군요."

"단 공자님께 입은 이 은혜를 어찌 갚아야 할지 모르겠어요."

무려 구명지은을 입은 것이다. 문현은 고개를 저었다.

"저에 대해 발설하지 않는 그 약조만으로도 충분합니다."

"네, 황보세가의 명예를 걸고 꼭 지키도록 하겠어요. 하지만 그것만으로는 제 마음이……."

"그렇다면 나중에 한번 저를 도와주시지요."

황보미윤은 바로 고개를 끄덕였다. 욕심이 없는 자인지 겸손한 자인지, 아니면 더 멀리 내다보는 자인지 헷갈렸다.

황보미윤이 본 문현은 여타의 사내들과 달랐다. 다른 이들이라면 자신의 공적을 높이 사주길 바라고 이번 일을 통해 명예를 얻기를 바랄 것이다. 하지만 문현은 오히려 자신을 감추었다.

'잠룡이 웅크리는 것에는 이유가 있는 법. 하나 누구보다도

높이 날아오를 용이 될 자야.'

황보미윤은 문현에 대해 그렇게 평가했다. 황보미윤은 자신의 직감을 믿었다. 그녀가 쾌활하게 웃으며 말했다.

"마을에 도착하면 제가 대접해 드리겠습니다. 부디 거절하지 말아주세요."

"오라버니?"

소미가 황보미윤의 말에 문현을 바라보며 불렀다. 운갑을 통해 챙긴 것은 많았으나 드러낼 수는 없었다. 소미 역시 수중에 남은 돈이 없어 보였으니 황보미윤에게 신세를 지는 것이 옳은 선택이었다.

"그럼 부탁드리겠습니다."

문현의 말에 황보미윤이 더욱 환하게 웃자 소미 역시 눈에 띄게 좋아했다.

'황보세가라……'

산동에서는 제갈세가와 황보세가가 제일 유명했다. 황보세가를 잘만 이용한다면 꽤나 많은 이득을 볼 수 있을 것 같았다. 황보미윤의 억울한 입장도 이해가 되었지만 문현에게는 모두가 적이라고 볼 수 있었다.

문현이 마을로 들어서자 제법 소란스러운 광경이 연출되었다. 황보미윤이 나타났다는 말이 퍼지자 그녀와 연이 있는 자들이 모두 달려 나왔다.

살아남은 쟁자수들이 소문을 퍼뜨린 것으로 보였다. 문현은 그것으로 그녀의 인망을 알 수 있었다.

'생각보다 쓸 만한 여자였군. 머리와 외모도 좋고 인망마저 있다. 사람이 쓸데없이 착한 것만 제외한다면 말이지.'

그들 중에는 무림인도 있었는데 황보미윤을 구출하겠다는 명목으로 모인 이들이었다. 문현과 소미는 뒤로 물러나 그저 지켜보고 있었다.

"잘됐네요, 오라버니."

"그래."

황보미윤은 그녀의 친척으로 보이는 자들에게 은거 고수가 자신을 구해주었다고 말했다. 그것은 문현이 부탁한 내용이다. 문현은 결코 자신의 이름을 드러내고 싶지 않았다. 특히 황보세가의 일과 얽히고 싶지 않았다. 황보미윤도 그것을 짐작하고 있음이 분명했다.

"오라버니, 왜 숨기시는 건가요?"

"밝혀야 할 까닭이 있느냐?"

"그야……"

소미는 문현의 말에 곰곰이 생각하다가 고개를 끄덕였다.

"그렇군요. 오히려 큰 해가 될 수도 있겠네요."

"이 일에 대해서는 너도 함구하거라."

"알겠어요."

소미는 눈을 반짝이며 문현을 바라보았다. 부담스러운 눈빛이 계속되자 문현은 살짝 고개를 돌려 그녀를 외면했다.

'단진천이 도대체 어떻게 생활했기에 저런단 말인가.'

소미와 단진천의 교류가 없던 것은 그간 이야기를 통해 파악했다. 단진천은 굉장히 바보인 것 같았다. 그렇지 않고서야 누구나 파악할 수 있는 말에 저렇게 감탄할 리 없었다.

'몇 년간 서로 말이 없었다면 가족이 아니라 타인에 가까웠겠지.'

문현은 어느 정도 소미의 행동을 납득할 수 있었다. 똑똑한 척하고 심술을 부려도 결국 소녀였다. 정에 목말라 있는 것은 당연했다.

조금 오래 기다리고 나서야 황보미윤이 다가왔다.

"아! 죄송해요, 단 공자님."

"괜찮습니다. 일은 잘 처리되었습니까?"

"네. 정식으로 진상 조사를 하기로 했어요. 이렇게 크게 움직인다면 그들도 움츠러들 테니 시간을 벌 수 있을 거예요."

문현은 작게 고개를 끄덕였다. 황보미윤은 진무방과 본격적으로 싸울 생각인 것 같았다. 문현은 제일 좋은 수를 생각해 보았다.

'중간에서 이득을 취하는 것이 제일 합리적이다.'

과거의 문현이었다면 무로서 협을 지키기 위해 황보미윤에

게 계속해서 도움을 주었을 것이다. 하지만 이 세상에 협은
존재하지 않았다.

그의 마음속에 협은 현문 대사와 희연, 그리고 의형제를 맺
은 순웅, 백문세가의 식솔들이 죽는 순간 사라졌다.

"가시지요."

황보미윤이 안내한 곳은 제법 그럴듯한 객잔이었다. 제법
많이 와본 듯 황보미윤은 익숙하게 행동했다. 객잔 주인이 버
선발로 달려 나오는 것을 보면 황보세가와 제법 연관이 있는
것 같았다.

"아이고! 아가씨, 고초가 많으셨습니다."

"고마워요."

객잔 주인은 문현과 소미에게 제일 좋은 방을 내주었다.

문현과 소미에게 각자 큰 방을 내준 것은 황보미윤의 배려
였다. 그래서인지 무림맹의 숙소보다 훨씬 좋았다. 갈아입을
의복뿐만 아니라 목욕물도 따로 준비해 주었다.

황보미윤은 잠시 마을에 있는 그녀의 외가 쪽과 이번 일에
대해 말할 것이 있다고 하면서 저녁 식사를 같이할 것을 제안
했다.

'바쁘긴 하겠지.'

숨겨놓은 보물을 옮겨야 하고 앞으로의 일을 대비해야 하
니 말이다.

문헌은 침상에 가부좌를 틀고 눈을 감았다. 운기를 시작한 순간 문헌은 감탄할 수밖에 없었다. 혈맥이 제법 잘 닦여 있다. 시귀를 만들 때 흡수한 기운이 세맥까지 퍼져 나가 이물질을 많이 제거한 것이다.

문헌은 차분하게 수라역천심법을 운용했다. 내상이 모두 회복되어 있음은 물론 문헌의 내공은 대단히 증진되어 있었다. 무려 반 갑자 정도 되는 내공이 문헌의 단전을 채우고 있었다. 이는 절정 고수라 해도 무방한 내공 양이었다.

깨달음도 부족하지 않았다. 심법에서만 보자면 문헌은 분명 절정에 해당할 것이다.

하나 문헌의 경지가 나아가지 않는 이유는 아직 무공에 대한 공부가 부족하다는 것이 한몫했다.

'마땅히 수련할 공간이 없었으니 어쩔 수 없지. 이 정도가 된 것만으로도 대단한 진보다.'

문헌은 자신의 목표가 머지않았음을 알 수 있었다.

문헌이 늘 꿈꾸던 경지가 바로 눈앞에 와 있었다. 절정 무인을 꺾을 때 쓴 그 초식은 아직도 문헌의 손 안에 생생히 남아 있었다.

그 깨달음을 갈무리하고 그것을 본신의 무공으로 소화한다면 절정의 경지를 이룰 수 있을 것이다.

'이번 경험은 손해만 있던 것은 아니야.'

그 집단을 상대하면서 얻은 소득은 무엇보다 값졌다. 사법의 효율성, 그리고 무공에 대한 깨달음을 얻었다. 그리고 일류고수인 운갑을 얻었다. 이것만으로도 천금의 가치가 있다. 문현은 상념을 마치고 운기에 빠져들었다.

수라역천심법은 단순한 심법이 아니었다. 소림의 것에서 파생된 것이지만 사혼단의 영향과 문현의 살심 때문인지 점점 그 형태가 새롭게 변모하고 있었다.

심마를 걱정할 필요가 없었기에 문현의 심상이 수라역천심법에 새롭게 녹아들고 있었다. 사혼단은 그런 문현의 변화를 반기는 듯했다.

"후우."

문현의 입에서 잿빛의 기류가 뿜어져 나왔다.

수라역천심법을 운기할수록 문현의 몸 안에 있던 해로운 것들이 모두 밖으로 배출되고 있었다. 문현은 충만하게 느껴지는 내기에 살짝 미소 지었다.

문현은 오랜만에 목욕물에 몸을 담갔다. 대나무 향이 묻어나는 욕조였다.

잠시 눈을 감고 편안한 느낌에 빠져들었다. 그러다가 떠오르는 현문 대사의 얼굴과 희연의 고통스러운 표정에 인상을 구기며 자리에서 일어났다.

상처가 별로 없는 매끄러운 육체를 보니 자신이 다른 이의 몸에 있다는 것이 실감났다.

'나는 백문현이다.'

복수를 이루는 그날까지 그는 백문현이었다.

몸을 닦아낸 문현은 의복을 갈아입었다. 꼬질꼬질하던 문현은 귀공자의 모습으로 변모해 있었다.

딱 봐도 높은 집안의 자제 같은 분위기가 물씬 풍겼다. 차갑게 내려앉은 표정은 그것을 더욱 부각시켜 주었다.

"오라버니."

약조한 시간이 되자 소미가 찾아왔다.

문현이 문밖으로 나가자 곱게 차려입은 소미의 모습이 보인다. 황보미윤이 제법 많은 것을 선물해 준 듯하다.

문현의 시선이 소미의 팔에 있는 투박한 나무 팔찌로 향했다. 그런 문현의 시선에 소미는 부끄러운 듯 팔찌를 뒤로 감추었다.

문현은 딱히 물을 필요성을 느끼지 못했다.

"저… 괜찮나요? 황보 언니가……."

"나쁘지 않군."

"그, 그렇죠?"

문현이 소미의 옆을 지나쳐 가자 소미가 뒤에서 따라왔다. 문현이 내려오자 시선이 단번에 집중되었다.

문현은 신경 쓰지 않았지만 여심을 흔들 만한 모습이다. 더

군다나 소미 역시 아름다워 잘 어울리는 한 쌍으로 보였다.

좋은 위치에 황보미윤이 먼저 자리를 잡고 있는 것이 보인다. 황보미윤은 달라진 문현의 모습에 잠시 눈을 빼앗겼다가 황급히 표정을 지우고 미소를 지었다.

"동북식으로 주문했어요. 단 공자님께서 동북 음식을 좋아하신다고 들어서요."

황보미윤에게 소미가 말해준 듯싶다. 문현은 가리는 음식이 없기에 그저 작게 감사를 표했다.

음식은 꽤나 맛있었다. 고급 음식을 그다지 접할 기회가 없던 문현에게는 상당히 좋았다.

과거에는 무공을 위해 고기를 금했지만 지금은 그럴 필요가 없었다. 황보미윤은 뭐가 그리 좋은지 음식을 먹고 있는 문현을 보면서 웃고 있었다.

'이곳은 황보미윤에게 상당히 호의적이군.'

점소이가 쉴 새 없이 움직이며 그녀의 편의를 봐주고 있었다.

객잔 안에 황보미윤을 지키고 있는 무사들도 보였다. 분명 황보미윤이 겪은 일은 보통 일이 아니었다. 황보미윤은 불안할 법한데도 그런 내색을 하지 않았다.

"음식은 입에 맞으신가요?"

"좋군요."

"아, 마침 좋은 술이 있다고 해요."

문현은 황보미윤이 술을 권하자 조금 부담스러웠다. 아무리 무림에 몸담고 있는 자들이 자유분방하기는 하나 여자가 남자에게 술을 권하는 것은 조금 불편했기 때문이다.

하지만 그런 불편함을 곧 지웠다. 그것이 무림이었기 때문이다.

그때 점소이가 술병을 가지고 오며 갑작스럽게 바닥에 넘어졌다.

문현이 고개를 돌려 보니 어느 젊은 공자와 부딪친 걸로 보였다.

'고의적이군.'

문현은 단번에 파악할 수 있었다.

태양혈이 돋아 있는 자가 점소이와 부딪칠 이유가 없었다. 황보미윤이 그 사내를 보곤 얼굴이 굳었다.

사내는 능글맞은 표정으로 문현이 있는 쪽으로 다가왔다.

"이거이거, 황보 소저가 아니십니까?"

"제갈 공자시군요."

"큰 고초를 당하셨다고 들었습니다만……."

"공사다망하신 제갈 공자께서 여기엔 무슨 일인가요?"

사내는 제갈세가의 사람이었다.

제갈이라는 성을 듣자 문현은 떠오르는 여자가 있었다. 그다지 첫인상이 좋지 않은 여자였다.

"아! 방금은 제가 실례했습니다. 제가 부주의하여 술병이 깨져 버렸군요. 사죄의 의미로 제가 가지고 온 술을 드리지요."

사내는 그의 시종에게 손짓했다. 그러자 그의 시종이 비싸 보이는 술병을 들고 왔다.

사내가 술병을 식탁 한가운데에 올려놓자 황보미윤의 인상이 찡그려졌다.

"제갈 공자께서는 예의범절이란 단어를 모르시는군요."

"그럴 리가 있겠습니까? 구하기 힘든 산동의 명주입니다."

"그 말이……!"

황보미윤의 목소리가 높아지기 시작하자 문현이 술병으로 손을 뻗었다.

"잘 마시겠소."

문현의 말에 제갈세가의 사내와 황보미윤이 문현을 바라보았다.

문현은 태연하게 술병을 따서 술을 따랐다. 좋은 향기가 그윽하게 퍼졌다.

명주는 명주인 모양이다.

"제갈세가의 제갈남진이오. 소협께서는?"

"신경 쓸 것 없소. 그저 지나가는 객이오."

"흐음."

제갈남진은 문현을 품평하듯 바라보았다. 그러다 소미에게 시선을 옮기더니 사람 좋은 미소를 보냈다.

"낯이 익은데, 으음, 그나저나 황보 소저와 어떤 관계시오?"

"아무 관……."

"같이 술을 나누는 사이예요. 그러니 제갈 공자께서는 방해하지 말아주시지요."

황보미윤의 말이 문현의 말을 잘랐다.

사내는 화가 나는지 몸을 부르르 떨었다. 웃는 표정을 짓고 있어도 그것이 너무나 티가 났다.

'미숙한 자로군.'

문현은 그렇게 간단하게 평가했다. 차라리 저번에 만난 그 여자가 인물이라면 인물이었다.

"흥! 그럼 편히 머물다 가시오!"

"신경 써주셔서 감사해요. 제갈 공자께서도 편히 머물다가 가시길."

"하하하, 나는 아직 갈 날이 멉니다."

사내는 그렇게 말하며 시종을 데리고 사라졌다.

안 좋은 의미가 내포된 끝말이다. 명백한 협박이라고도 생각할 수 있는 말이었다.

문현은 시선을 돌려 변장하고 있는 운갑을 바라보았다. 삿갓을 쓰고 있는 운갑은 문현의 시선에 전음을 보내왔다.

[제갈남진이라는 자를 쫓습니까?]

문현이 작게 고개를 저었다.

[알겠습니다. 그렇다면 그 시종을 노리겠습니다.]

운갑은 문현의 의도를 정확히 파악했다. 운갑이 천천히 객잔을 빠져나갔다.

'제갈세가에 눈과 귀, 그리고 입을 달아놔야겠어.'

아무래도 자신과 채무 관계가 있는 곳이다. 게다가 황보세가와도 얽혀 있는 것 같으니 감시가 꼭 필요했다.

"제갈남진이 멍청한 것이 다행이네요. 이것으로 저들도 어느 정도 얽혀 있다는 것이 증명된 셈이에요."

"언니, 괜찮으신가요?"

"그럼. 나는 괜찮단다."

황보미윤과 소미의 대화였다. 소미 역시 제갈남진이 마음에 안 든다는 표정이었다.

"좋은 기분을 다 망쳤네요. 죄송해요, 단 공자님."

"아닙니다."

문현은 그리 기분 나쁘지 않았다.

딱히 욕을 먹은 것도 아니고 이름도 밝히지 않았으니 당분간은 괜찮을 것이다. 게다가 첩자를 심어둘 기회를 만들었으니 오히려 잘된 일이었다.

황보미윤은 문현이 전혀 불편한 기색이 없어 보이자 안심하며 문현에게 술을 따라주었다.

그 모습은 참으로 고와서 주변의 남자들 중 탄식을 터뜨리는 이도 있었다.

"술은 좋은 사람과 같이 나누어야 한다고 해요."

"마음을 나누는 것이라고도 하지요. 근심을 나누고 슬픔을 위로하며 행복을 담는……."

문현의 의외의 말에 황보미윤이 눈을 동그랗게 뜨고 문현을 바라보았다. 과묵한 문현과는 어울리지 않는 말이었기 때문이다.

현문 대사와 나누던 술이 생각나서 한 말이다. 현문 대사는 문현이 좌절할 때면 꼭 술잔을 기울였다.

"단 공자님과 같이 나눌 수 있어 기뻐요."

황보미윤의 살짝 붉어진 얼굴을 보며 문현은 술을 들이켰다.

술맛이 상당히 썼다.

*　　　*　　　*

밤이 깊었다. 황보미윤은 문현과 계속 같이 있고 싶어 하는 눈치였지만 문현은 식사를 끝나자마자 방으로 돌아왔다.

잠시 황보미윤과 이야기를 나누던 소미가 문현의 방으로

따라 들어왔다.

"오라버니, 내일 출발하실 건가요?"

"그래."

"그, 그럼 황보 언니와는……."

"처리할 일이 많으니 동행은 할 수 없겠지."

소미는 납득하며 고개를 끄덕였다. 아쉬운 눈치기는 했지만 티를 내지 않으려 노력했다.

문현의 앞에서는 차가운 표정이 많이 풀어져 이제는 표정을 숨기는 것도 서툴러 보였다.

"불안하느냐?"

"저도 무가의 여식이에요. 충분히 한 몸 지킬 수 있어요."

꽤나 당찬 말이다.

"지금까지 왜 실력을 숨기신 건가요? 어째서 그렇게까지……."

문현은 대답하지 않았다. 소미의 입장에서는 문현이 실력을 숨긴 것으로 생각할 수 있었다. 방탕한 생활을 하던 단진천이 갑자기 변해 버렸으니 그럴 만했다.

죽을 위기를 겪으면 사람이 변한다는 말이 있기는 하지만 무공 수위까지 올려주지는 못한다.

절정 고수 두 명과 그 많은 무인을 상대한 것을 보면 소미가 짐작하는 문현의 무공 수위는 다른 후기지수들과 비등했다.

"어머니께서 아시면 기뻐할 거예요."

"…잠시 바람 좀 쐬고 오마."

"네, 그럼……."

소미가 자신의 방으로 가자 문현은 작게 숨을 내쉬었다.

어머니라는 말이 조금 기묘하게 다가왔다.

그는 단 한 번도 부모의 품이라는 것을 느낀 적이 없었다.

'신경 쓸 것 없겠지.'

그의 가족이 아니다.

문현이 밖으로 나오자 대기하고 있던 운갑이 따라붙었다. 야시장을 지나치며 골목에 이르자 운갑이 문현의 앞으로 다가왔다.

"명하신 일을 처리하였습니다."

"안내해라."

"존명."

운갑이 앞장서며 으슥한 곳으로 이동했다.

"제갈남진은?"

"주루에서 계집질을 하고 있습니다. 오늘 밤은 신경 쓰지 않을 것입니다."

"잘되었군."

제갈남진을 사로잡을 수 있다면 좋겠지만 성공할 가능성이 낮았다. 제갈남진과 가까운 시종을 납치한 것은 지금으로썬 상당히 좋은 수였다.

운갑은 마을 밖의 으슥한 곳까지 문현을 안내했다. 인적이 없는 곳에 다다르자 포박당해 있는 시종을 볼 수 있었다.

아혈까지 짚어놓아 그 어떤 소리도 내지 못하고 있었다.

운갑이 바닥에 쓰러져 있는 시종을 일으키자 시종이 부들부들 떨면서 운갑을 바라보았다.

운갑이 옆으로 비켜서자 문현은 시종 앞에 천천히 모습을 드러냈다.

"술은 잘 마셨다."

문현의 얼굴을 기억하는지 시종이 몸을 비틀며 뭐라 소리치려 했다. 하지만 역시 말은 할 수 없었다.

운갑에게 손짓하자 운갑이 단검 하나를 꺼내 시종의 손에 가져다 대었다.

무공을 모르는 자들에게는 쉽게 성공할 테지만 혹시나 하는 마음에 두려움을 심어주려는 것이다.

"지금부터 너의 손가락을 시작으로 모두 자를 것이다. 주인을 잘못 만난 것을 탓해라."

시종이 마구 고개를 저으며 반항했다.

운갑이 천천히 단검을 손가락에 가져다 대자 시종은 눈물을 흘렸다.

운갑이 단검을 높이 들더니 빠르게 아래로 내려쳤다.

시종은 몸을 덜덜 떨며 오줌을 지렸다. 단검은 아슬아슬하게 손가락 옆에 꽂혔다. 문현은 시종의 아혈을 풀어주었다.

"사, 살려주세요! 살려주시면 뭐, 뭐든지 하겠습니다!"

"저항하지 마라."

"제, 제발 살려주세요! 흐윽!"

시종은 겁에 질려 이성을 상실한 지 오래였다. 이미 반항할 기색은 없었다. 문현의 차가운 눈과 마주치자 마치 호랑이를 만난 듯이 그렇게 굳어버렸다.

문현은 시종의 이마에 손을 가져다 대었다. 섭혼술을 행하자 사기가 뿜어져 나오며 시종의 몸으로 스며들었다.

시종은 끔찍한 고통에 몸을 떨었다. 그러나 입을 벌릴 수는 없었다. 이미 사기에 육체가 제압당해 비명조차 내지를 수 없는 것이다.

세상에서 가장 끔찍한 고통을 겪고 있는 시종이다. 차라리 죽음이 편할 것이다.

혼백이 제압당하는 고통은 육체의 고통과 비교할 바가 아니었다. 시종은 거품을 물며 몸을 바들바들 떨다가 축 늘어졌다.

사기가 시종의 몸과 혼백을 잠식하자 늘어져 있던 시종이 몸을 일으키며 문현의 앞에 머리를 조아렸다.

"주군을 뵙습니다."

"네 이름은?"

"석두라 하옵니다."

"네 위치는?"

문현의 말에 석두가 대답하기 시작했다.

"제갈세가의 소가주 제갈남진의 시종입니다. 어릴 때부터 제갈남진의 뒤치다꺼리를 해왔습니다."

"제갈남진은 널 얼마나 신뢰하지?"

"제갈세가의 소가주이기는 하나 세가 내에서 그의 평판은 그리 좋지 않습니다. 때문에 가족들을 멀리하고 있고 저에게 유일하게 마음을 터놓고 있습니다."

문현은 고개를 끄덕였다.

잘된 일이었다. 제갈남진이 전적으로 믿는 이가 문현의 수족이 된 것이다.

"이번 일에 대해 아는 바가 있나?"

"제갈남진은 제갈세가의 입지가 좁아지는 것을 크게 염려하였습니다. 특히나 첩의 자식이 자신보다 우위에 서는 것을 극도로 경계하고 있습니다. 소가주의 위치가 흔들릴 수도 있다는 위기 때문에 진무방과 은밀하게 손을 잡고 있습니다."

"황보미윤의 일에 관여했군."

"얼마 전에 찾아온 자들에게 회유당했습니다. 그들은 제갈남진에게 제갈세가의 가주 자리를 얻는 데 도움을 주겠다고

하였습니다. 짐작하기론 아마도 진무방의 배후에 있는 인물 같았습니다."

제남, 더 크게는 산동의 영향력을 두고 벌어진 계획이 분명했다.

"그리고 그들이 고독을 쓴 것 같습니다. 제갈남진은 그들의 말에 전혀 반항하지 못하고 있습니다."

"고독이라……."

고독을 만드는 방법은 아주 잘 알고 있었다. 사법을 통해 고독을 만든다면 그 어떤 고독보다 뛰어난 고독을 만들 수 있을 것이다.

"평상시처럼 지내고 정보를 수집하도록. 제갈세가 내에서 수족으로 쓸 만한 자들을 추려서 운갑을 통해 보고하도록 하라."

"존명!"

석두는 고개를 바닥에 박으며 외쳤다. 문현은 제갈세가를 떠올리며 진한 미소를 지었다.

'고독이라……. 재미있군.'

제갈세가를 이런 혼란 중에 장악하는 것도 나쁘지 않을 것이다.

석두를 시작으로 천천히 숫자를 늘린다면 불가능한 일은 아니었다.

'무공을 익힌 자들에게는 섭혼술보다 고독이 성공할 가능성이 높을 것이다.'

섭혼술은 무공이 높은 자들에게는 성공할 확률이 낮았으니 고독에 감염시키는 것이 가장 좋은 수였다.

고독에 감염시키기 위해서는 석두처럼 그들이 전적으로 믿고 있는 자들을 흡수해야 했다.

"돌아가 보도록 하라."

"존명!"

시종은 아무 일도 없다는 듯 자리에서 일어나더니 마을을 향해 사라졌다.

"수고했다."

"당연한 일을 했을 뿐입니다."

"무공의 진척은 있나?"

운갑은 고개를 숙이며 말했다.

"기존 무공에 대한 발전이 있었습니다. 이제는 충분히 일류 무인이라 부를 수 있을 것 같습니다."

"그렇군."

문현은 운갑을 바라보았다.

운갑의 단전에 뭉쳐 있는 사기의 양이 느껴졌다. 사혼단의 사기와 사법을 계속해서 익혀간다면 운갑을 충분히 강하게 만들 수 있을 것 같았다.

"계속해서 틈틈이 연마하도록."

"존명!"

운갑이 품에서 옥으로 된 빗 하나를 꺼냈다. 문현이 그것을 바라보자 운갑이 두 손으로 옥빗을 건네며 말했다.

"생각보다 시선이 많습니다. 변명거리 하나를 만들어 가시는 것도 좋을 것 같습니다."

"변명거리라……."

"감히 건방진 소리였습니다. 이 혀를 뽑아……."

"알겠다. 야시장을 좀 돌다가 들어가도록 하지."

문현은 운갑이 준 빗을 품에 넣었다. 문현은 여전히 고개를 들고 있지 않는 운갑을 바라보았다.

"가족이 있나?"

"천애고아입니다."

"내가 원망스럽나?"

"어차피 죽었을 몸, 주군을 받들어 모시는 것만이 제 기쁨입니다."

문현이 등을 돌리자 운갑의 신형이 어둠으로 스며들었다.

문현은 어깨에 붙은 나뭇잎을 쳐 내고는 다시 마을로 들어섰다. 야시장을 한 번 돈 문현은 객잔으로 들어갔다.

방으로 돌아가자 소미가 자신의 방 앞에서 서성거리고 있다. 소미는 문현을 보자마자 그의 앞으로 다가왔다.

"그… 조, 좋은 밤 되세요."

"그 말을 하려고 기다렸느냐?"

소미가 고개를 끄덕였다.

문현은 그런 소미를 바라보다가 품에서 옥빗을 꺼냈다. 주변에 시선이 있으니 지금 건네주는 것이 좋을 것 같았다.

아무 말 없이 옥빗을 건네자 소미는 문현의 얼굴을 바라보다가 조심스럽게 옥빗을 받아 들었다.

"오, 오라버니, 이건……?"

"가져라."

소미는 옥빗을 두 손으로 꼭 쥐었다. 문현은 그런 소미를 지나쳐 방 안으로 들어갔다.

"편안한 밤 되세요, 오라버니."

"그래."

문현은 그렇게 짤막하게 대답하고는 침상에 올랐다.

다음 날.

문현과 소미는 아침 일찍 제남으로 가기 위해 객잔 밖으로 나왔다.

황보미윤은 이른 아침이었지만 문현을 배웅하기 위해 객잔 밑에서 기다리고 있었다.

앞으로의 일 때문에 바쁜 와중에도 문현을 챙기는 것을 잊지 않은 그녀였다.

문현은 그녀에게 빚을 지워둔 것이 제법 잘한 일이라고 판단했다.

황보미윤의 성품상 문현에게 해가 될 일은 없을 듯했다.

'황보세가에도 사람을 심어놓아야겠군.'

하지만 경계를 게을리 해서는 안 된다.

문현은 결코 방심하지 않았다. 문현은 이제 사람을 쉽사리 믿을 수 없었다.

"단 공자님, 평안한 밤 되셨나요?"

"네, 덕분에."

문현은 짧게 대답하고는 주위를 훑어보았다. 해가 뜨지 않은 이른 아침이라 사람은 없었다.

황보미윤이 문현에게 노잣돈을 내밀었다. 황보미윤이 할 수 있는 최대의 예의였다. 문현은 거절하지 않았다.

"황보세가에 들러주실 수 있나요?"

"일이 순조롭게 마무리되길 바라겠습니다."

"…감사해요."

감사의 말을 전하는 황보미윤의 얼굴이 어두워졌다.

은근히 문현에게 도움을 청했지만 문현이 완곡하게 거절한 것이다.

황보미윤도 더 이상 문현의 도움을 구하는 것은 염치없다고 생각했는지 다시 말하지는 않았다.

황보미윤은 조금은 슬픈 눈으로 문현을 바라보다가 소미에게 작게 작별 인사를 했다.

등을 돌리려는 문현의 소매를 황보미윤이 잡았다. 그녀는 잠시 우물쭈물하다가 입을 뗐다.

"저는 결코 단 공자님의 적이 아니에요. 그것만 기억해 주세요."

"그러길 바랍니다."

문현은 짧게 대답하고 등을 돌렸다.

황보미윤이 자신에게서 무엇을 느꼈는지 모르지만 문현은 황보미윤을 높이 평가하고 있었다.

방금 전 그 말은 문현의 경계심을 더욱 부추겼지만 다르게 생각해 보면 자신에 대한 호의의 표현이기도 했다.

문현은 황보미윤을 뒤로하고 마을을 빠져나갔다.

문현의 시야에 잠복하고 있는 운갑이 보였다. 운갑은 문현과 시선이 마주치자 짧게 목례했다.

[황보세가 사람 중 쓸 만한 자들을 물색해 두었습니다. 더 정보를 수집하려 했으나 눈이 많아 진입할 수 없었습니다.]

운갑의 무공 수위가 아쉽게 느껴졌으나 어쩔 수 없었다.

절정 고수를 수하로 둘 수 있다면 운신의 폭이 무척이나 자유로워질 테지만 운갑 정도도 감지덕지였다.

운갑이 무공 증진에 더욱 힘썼으면 좋겠으나 아쉽게도 할 일이 너무도 많았다.

[서두를 것 없다. 수족이 많아질 때까지는 제갈세가 쪽에 더 집중하도록 하지.]

[존명.]

문현이 전음을 하는 것을 눈치 챈 소미가 문현을 보며 살짝 웃어 보였다. 황보미윤과 전음으로 대화를 나눈 것이라 생각한 듯했다.

"어서 집에 도착했으면 좋겠어요."

"집이라……."

문현은 집이란 말에 잠시 걸음을 멈추었다. 그러고는 뒤를 돌아보았다.

그의 시선이 머무는 쪽은 숭산으로 가는 방향이다. 문현에게는 더 이상 집이 없었다.

문현은 미련 없이 고개를 돌려 걸음을 옮기기 시작했다.

* * *

제남으로 가는 길은 평안했다. 딱히 빠르게 갈 이유가 없는 문현은 제남으로 향하는 사람들 속에 섞여 제남의 땅을 밟을 수 있었다.

소미는 문현에게 완전히 적응되었는지 문현이 뭐라 답하지 않아도 재잘재잘 잘도 떠들어댔다. 그동안 밀린 말을 한 번에 토해내듯 쉴 틈이 없었다.

문현은 딱히 신경 쓰지 않았지만 소미의 표정은 날로 풍부해졌다. 과거 단진천과의 관계에서 닫혀 있던 마음이 열린 듯했다.

문현은 단문세가의 위치를 모르기에 소미의 뒤를 따랐다.

'제남, 예전과 똑같군.'

달라진 곳은 없었다. 그가 상단을 이끌면서 본 그때의 그 모습이다.

희연과 같이 걷던 거리의 풍경도 보였다. 힘들던 지난 시절이 스쳐 지나가는 듯했다. 익숙한 거리에서 자신과 희연이 웃고 떠들고 있는 모습도 보이는 듯했다.

문현은 결코 그 기억에서 벗어날 수 없을 것이다. 과거를 사는 것, 그것이 바로 복수였다. 달라진 것이 있다면 바로 자신뿐이다.

"오라버니!"

문현은 앞서 가던 소미가 멈추자 문현 역시 걸음을 멈추고는 천천히 고개를 돌렸다. 그러고는 자신을 바라보고 있는 소미에게로 시선을 옮겼다.

"어서 들어가요."

소미의 뒤로 단문세가의 모습이 보인다. 문현은 단문세가의 모습을 보며 다시 한 번 다짐했다. 이곳으로부터 복수가 시작될 것이다. 잠시 웅크리고 있겠지만 이곳으로부터 재앙이 싹틀 것이다.

'기다려라.'

문현은 이를 악물며 천천히 걸음을 옮겼다.

그의 표정은 마치 적진으로 들어가는 듯이 비장했다. 그 누구도 문현의 그런 표정을 보지 못했다.

『역천마신』 2권에 계속…

초대형 24시 만화방

신간 100%, 샤워실, 흡연실, 수면실(침대석), 커플석, 세탁기 완비

▪ 강북 노원역점 ▪

서울 노원구 상계동 340-6 노원역 1번 출구 앞 3층
02) 951-8324 (화용빌딩 3층)

▪ 일산 정발산역점 ▪

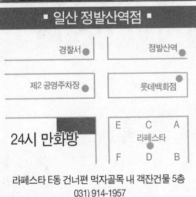

라페스타 E동 건너편 먹자골목 내 객잔건물 5층
031) 914-1957

▪ 일산 화정역점 ▪

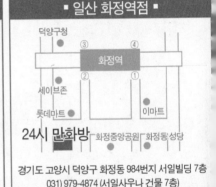

경기도 고양시 덕양구 화정동 984번지 서일빌딩 7층
031) 979-4874 (서일사우나 건물 7층)

▪ 부천 역곡역점 ▪

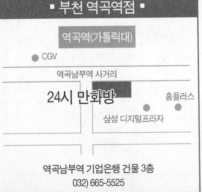

역곡남부역 기업은행 건물 3층
032) 665-5525

▪ 부평역점 ▪

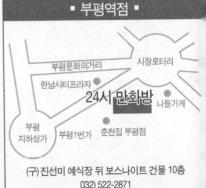

(구) 진선미 예식장 뒤 보스나이트 건물 10층
032) 522-2871

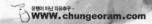

FUSION FANTASTIC STORY

탁목조 장편 소설

천공기

탁목조 작가가 펼쳐 내는 또 하나의 이야기!

『천공기』

최초이자 최강의 천공기사였던 형.
형은 위대한 업적을 이룬 전설이었다.
하지만 음모로 인해 행방불명되는데…….

"형이 실종되었다고
내게서 형의 모든 것을 빼앗아 가?"

스물두 살 생일,
행방불명된 형이 보낸 선물, 천공기.
그리고 하나씩 밝혀지는 진실들.

천공기사 진세현이 만들어가는 전설이 시작된다!

Book Publishing CHUNGEORAM

유행이 아닌 자유추구 -
WWW.chungeoram.com